AF437312

Título original: Cumpliendo un sueño.
Autora: Yamila Bianqueri
Corrección: Emma Sheridan
Diseño de portada: Victoria Aihar y Deborah Luzige
Diagramación: Victoria Aihar

Segunda edición: Julio 2020
Safe Creative: 1708283379651

# Cumpliendo un sueño

YAMILA BIANQUERI

# Índice

# Tan suya y tan poco mía

Odio querer ser de él de esta forma
tan suya y tan poco mía.
Sus besos me rodean,
me esculpen el deseo.
Sus dedos bailando entre mis dedos.
Sus ojos copiosos de café
son hechiceros que se ríen
de mi vesania.
Sus besos me enjaulan, me liberan
me arrastran, me expulsan
al mar de la risa y la lágrima.
Amo querer ser de él de esta forma
tan suya y tan poco mía.

Vane Spinelli

# Capítulo 1

Vicky ¿me estás escuchando? —le preguntó a su amiga mientras la otra hablaba y hablaba sin prestar atención a lo que ella le decía.

—Sí, idiota, te escuché ¿y vos, escuchaste lo que te estoy contando? —le contestó indignada.

—Sí, nena, lo estoy haciendo pero entendé que no me interesa saber cómo fue el sexo telefónico. Ya te lo dije mil veces, no entiendo qué le ves de emocionante —no lograba comprenderla; para ella, eso no tenía ni la más mínima importancia.

—No lo entendés, ni lo compartís porque nunca lo hiciste. Mel, algún día vas a tragarte tus palabras y yo voy a estar ahí para reírme —si ella supiera, a pesar de lo que creía, su querida amiga caería en la trampa muy pronto.

—Está bien, Vi, como vos digas, no voy a ponerme a discutir por semejante pelotudez. Mejor terminá de contarme —se dio por vencida porque si le daba muchas vueltas, la mandaría a cagar.

—Como te decía, todo empezó con una foto suya de la cadera para abajo. Tenía puesto un bóxer negro y su amigo estaba listo para tener acción. Cuando le contesté que estaba libre, me llamó. Empezamos a tontear, me preguntó qué tenía puesto y le dije que estaba en ropa interior, acostada y lista para irme a dormir.

—No me extraña, siempre dormís así o desnuda —acotó interrumpiendo su pequeño discurso, esa conversación la aburría demasiado.

—¡No me interrumpas, boluda! —gritó al otro lado del teléfono—, por lo menos dejame hablar, no seas mala amiga.

—Ok, seguí —la alentó con un poco de fastidio.

—Me preguntó cómo era mi conjunto y yo feliz, sabiendo lo que se venía, le conté que llevaba puesto uno de encaje color rojo. Me dijo que lo volvía loco y que en ese momento quería estar dentro mío empujando sin parar. Le dije que lo hiciera, que se imaginara que me penetraba y que yo haría lo mismo. Empezamos a gemir y a través de la línea, podía escuchar el movimiento que hacía su mano mientras se pajeaba; eso me puso como una moto y empecé a tocarme. Primero las tetas y mientras tanto, le relataba lo que hacía. Bajé más la mano, la metí en mi tanga y me acaricié el clítoris. Él, del otro lado, respiraba agitado y a la vez me decía todo lo que le gustaría hacerme y yo me imaginaba que lo hacía —bla, bla, bla, bla, la imitó en silencio haciéndole burla sin que Vicky pudiera verla.

Mientras mantenía la comunicación telefónica por altavoz, se pintaba las uñas con total y absoluta tranquilidad, sentada en el sillón de su departamento ubicado en el barrio Saavedra.

Revisó el Facebook, le dio una ojeada al Instagram, todo como si nada, como si su amiga no estuviera al otro lado desbordando de emoción. Podría parecer que era mala, de hecho podría ser la peor amiga, pero no, no lo era. Mala amiga sería si le cortara la charla, cosa que con ella no haría jamás. Vicky era la única persona a quien dejaba hablar sin decirle realmente lo que pensaba.

—Tuve un orgasmo espectacular y pienso volver a repetirlo todas las noches mientras él esté de viaje —menos mal que lo último lo escuchó, porque sino la otra sería capaz de tomarse un bondi para cachetearla.

—Me alegro por vos. ¿Ahora podemos pasar a lo que me importa? —del otro lado, su amiga revoleaba los ojos con diversión.

—Sí, pesada, ahora podés hablar —le contestó sabiendo lo que iba a pedirle.

—El domingo tengo un partido que es superimportante, mi mamá no puede acompañarme porque trabaja y me sobra un lugar ¿venís vos? —que su mamá no pudiera ir a verla, la bajoneaba, no estaba acostumbrada a competir sin su presencia.

Sandra era su fan número uno, desde pequeña la alentó para que hiciera lo que más le gustaba. La llevó a los entrenamientos, le compró los mejores palos y los mejores conjuntos. Para Melina, su madre era su heroína, era la mejor persona que existía sobre la faz de la tierra y jamás existiría alguien que la remplazara.

—Odio madrugar, Mel, ¿tengo que acompañarte? —le dijo protestando.

—Andate a la mierda, pedazo de sorete —entonó enojada. Hacerla calentar era una de las actividades que más disfrutaba su compinche.

—¡Ja,ja,ja! Te la creíste, monga, obvio que voy a ir. No me pierdo de ver en vivo y directo uno de tus partidos por nada de este mundo.

—Te juro que ya estaba por mandarte a cagar.

—Me encantan tus cambios de humor, es impresionante la facilidad que tenés para enojarte —al conocerse desde el jardín de infantes, Vicky siempre sabía con qué molestarla.

—No me subestimes porque un día de estos cumplo mis amenazas y no te hablo nunca más —aseguró en tono firme.

Victoria la conocía tan bien que sabía perfectamente que su amiga sería capaz de llevar a cabo sus advertencias.

—¡Te quiero amiga! Mañana voy a dormir a tu casa así el domingo salimos desde ahí ¿querés?

—Yo también te quiero, tonta. Muy buena idea, mañana nos vemos. Te dejo porque tengo que seguir con el entrenamiento, Manuel me está haciendo señas.

—Dale, andá, porque el viejo cascarrabias es capaz de sacarte el celular. ¡Besos, nena!

—Besos, amiga, después hablamos.

Cortó la comunicación y se encaminó hacia el campo de juego donde sus compañeras ya estaban atentas a las indicaciones de Manuel, su entrenador.

# Capítulo 2

el descubrió su pasión por el hockey cuando tenía seis años. Si bien en un primer momento lo hizo por diversión, más tarde se dio cuenta que ese deporte era una parte fundamental de su día a día. Se convirtió en el principal motor de su vida, haciendo de ella una deportista de pies a cabeza. Por eso, desde que era una niña, soñaba con ser tan buena como Luciana Aymar. Para ella y para toda Argentina, Luciana era la mejor jugadora de la historia, una Leona en todo su esplendor y su principal referente.

A medida que fue creciendo, vio que ese sueño podía hacerse realidad. Si bien sabía que no sería la mejor de la historia, era consciente de que era muy buena en lo suyo. Le ponía tanta garra y amor que resultaba imposible no serlo.

Hasta el momento, sus ansias fueron calmadas gracias a la convocatoria que recibió hacía dos años para ser parte de Las Leoncitas y participar en los Juegos Olímpicos de la Juventud y en el Panamericano Juvenil, donde consiguieron ganar la medalla de oro y asegurarse el pasaje a Nanjing, sede de los II Juegos Olímpicos de la Juventud. Pero su principal meta siempre fue ser una Leona y jugar en las ligas mayores.

A raíz de eso, surgió la importancia del partido del que le había hablado a su amiga el día anterior. Ese juego sería diferente, el juego que le abriría las puertas hacia su mayor propósito.

Como tantos otros domingos, se levantó temprano, se duchó y comenzó a preparar su bolso con mucha atención, controlando que todo estuviera en su lugar.

Lustró el palo de acrílico y fibra de vidrio que su madre le había regalado, con precisión, para guardarlo en su estuche. Revisó el protector bucal con mucho esmero, porque para ella era fundamental cuidar de su dentadura, ya que amaba su sonrisa más que a nada en el mundo. Dobló su conjunto riverplatense con admiración y lo colocó en su lugar. Sacó las zapatillas con tapones, las miró, y al comprobar que estaban en perfectas condiciones, las volvió a guardar junto con las canilleras y las medias. Se vistió con tranquilidad y salió a desayunar.

En la cocina se encontró con Vicky que la esperaba con cara de dormida.

—Hola, crota —le dijo dándole un empujón con su hombro.

—Hola, tarada. No puedo creer que me hagas hacer esto, odio madrugar —le contestó la rubia poniendo cara de fastidio.

—Mal no te va a venir, si seguís durmiendo todo el día, tu culo no va a entrar por la puerta —apuntó con diversión. Ella sabía mejor que nadie que eso era imposible. A pesar de no hacer ejercicio, se mantenía en perfecto estado, la condenada tenía un cuerpo de infarto.

—Por más que duerma una eternidad y coma como un chancho, mi culo no engorda. Haceme el favor de sentarte a desayunar, no quiero que tu vieja se enoje —pidió con la boca llena de cereales con yogur.

—Tragá antes de hablar, asquerosa. No me apetece ver lo que masticás —zanjó con asco.

Tomó asiento en una banqueta alta y se puso a desayunar.

Hablaron de algunos temas sin importancia mientras escuchaban la repetición de los quince mejores que emitían en Q-música.

Mel necesitaba distenderse antes de salir hacia el club, por eso, alentada por su amiga, se puso a cantar y bailar junto a Marc Anthony que cantaba La Gozadera con Gente de Zona. Movió su cuerpo al ritmo de la música, revoleó su cabeza imitando a los bailarines, haciendo que su lacio y largo cabello color castaño se sacudiera despeinándolo completamente; lo bueno era que ya estaba casi seco, así que no haría falta usar el secador.

Antes de salir, llamó a su mamá, era fundamental para ella escuchar sus palabras de aliento.

Al otro lado de la ciudad de Buenos Aires, Sandra despotricaba órdenes con seguridad. Estaba completamente irritada. El idiota de su jefe no le había cambiado el turno así que se perdería el partido de su hija y eso le molestaba hasta el punto de enfurecerla. Quería patear las mesas, arrancarle la cabeza a quien le hablara y, para colmo, los camareros estaban más lentos que de costumbre. Parecía que todo se complotaba en su contra para hacerla explotar.

El tono asignado para cuando llamaba su hija, salvó a uno de los chicos de la reprimenda que estaba a punto de soltarle.

—¡Mi vida! ¿Cómo estás? —le preguntó con amor. Para ella, su hija era su vida entera, era su motor, su pilar.

—¡Hola, ma! Bien ¿y vos? —le contestó mientras se ataba el pelo. El calor estaba asentado con fuerza en la capital.

—Bien hija, con muchísimo trabajo. ¿Ya estabas por salir?

—Sí, estaba por irme al predio, por eso te llamé —le confesó con unas terribles ganas de llorar. Que su madre se perdiera justo ese partido, la estaba matando.

—Mel, sabés que no estoy físicamente a tu lado pero que mi corazón está haciendo fuerza junto al tuyo. Ponele toda la garra, jugá con amor y pasión. Divertite y no te olvides que es un juego. Vas a jugar de diez, el número de tu camiseta lo dice. Sentite orgullosa de cada bocha que logres meter y dedicame al menos una. Sabés que siempre voy a estar ahí para vos, sos mi hija y no hay nada en este mundo que ame más —entonó con orgullo. Para Sandra no había nada más maravilloso que su pequeña. El abandono de su familia fue compensado con cada abrazo y beso recibido por su niña. Cada palabra degradante escuchada en el pasado, fue borrada por su voz cuando le dijo mamá por primera vez. Haber tomado la decisión de traerla al mundo fue lo más extraordinario que pudo hacer, porque para ella, su padre había sido su gran amor. Su hija fue engendrada con cariño y pasión por más que él no opinara lo mismo. Todo lo que pasó valió la pena, todo lo valía por el simple hecho de tenerla.

—Gracias, mamá. Yo también te amo y no voy a dedicarte un solo gol, todos los que haga serán tuyos, porque sin tu apoyo esto no sería real —respondió entristecida. No soportaba escucharla tan decaída —te dejo porque acabo de llegar, ni bien termine el partido, te llamo.

—¡Suerte, hija! Espero tu llamada —ambas cortaron y guardaron sus celulares encaminándose hacia sus respectivas tareas.

# Capítulo 3

El partido salió mejor de lo esperado. Su desenvolvimiento en la cancha fue exquisito y a pesar de los nervios que la asaltaban, logró convertir tres goles bajo la atenta mirada de los dirigentes del seleccionado mayor.

Lo que Melina no sabía era que el director técnico junto con el preparador físico habían llegado al anexo River Plate pura y exclusivamente para verla jugar, porque estaban preparando el equipo para los Juegos Olímpicos, y si bien ya la habían observado anteriormente en la SUB 21, querían asegurarse que su potencial era auténtico y el mejor lugar para comprobarlo era en el club que la vio formarse.

Se llevaron la grata sorpresa de que Melina era mejor de lo que esperaban. Su posición de medio campista la favorecía, pero a su vez, descubrieron que tranquilamente podría jugar como delantera; esa jovencita tenía mucha agilidad para resolver, jugaba con compañerismo y estaba alerta en todo momento. No podían dejarla escapar y después de una breve discusión, decidieron que se irían de ese lugar con una nueva adquisición. Solo esperaban que bajo presión respondiera tan bien como lo había hecho esa mañana.

Mientras los dirigentes se encargaban de comunicarle al entrenador su decisión y ultimaban detalles, Melina festejaba en el vestuario el triunfo logrado con las vikingas, su equipo desde que era una niña.

Casi todas se conocían desde pequeñas, desde que comenzaron a correr con un palo entre sus manos persiguiendo una bocha plana que se desplazaba por el césped con velocidad. Aprendieron a perfeccionar sus movimientos. Conocieron técnicas y descubrieron la pasión que las unía. En conjunto reclamaban ante una falta no cobrada o ante un tanto que no era. Juntas practicaron cada tarde cómo debían calentar sus músculos antes de un partido y festejaban cada triunfo. Para Lina, así la llamaban en ese ambiente, esa era su vida. No existía nada más estupendo que la libertad que sentía en la cancha.

La adrenalina que la embargaba era especial, el aire cortando su cara la llenaba y el ardor de sus músculos ante la finalización, la hacía sentirse viva. Quería saber si esas sensaciones eran similares a las de un orgasmo, pero no se animaba. No había quien despertara esa urgencia en su cuerpo. Pensándolo bien, sí había alguien, pero él aún estaba muy lejos de su alcance.

Cuando terminó el festejo, se duchó rapidito, se vistió y salió en busca de su amiga. Por suerte, la encontró hablando por teléfono, estaba segura de que se habría ido a causa de su tardanza. Pero no, ahí estaba, firme al pie del cañón.

Se estrecharon en un interminable abrazo que demostraba qué tan inseparables eran.

Esa amistad había nacido cuando eran niñas pequeñas, para ser más exacta, el primer día de jardín. Se vieron antes de entrar por esa puerta que tanto las aterraba y ni bien sus madres se fueron, se tomaron de la mano y jamás se soltaron. Desde ese día habían jugado, compartido, reído y llorado estando juntas en todas las situaciones, siendo esas hermanas que ninguna de las dos tenía.

Mel y Vicky siempre fueron dos piezas de un rompecabezas. Una, completamente jovial, simpática, enamoradiza y fanática de la fiaca. La otra, absolutamente responsable, bastante arisca, sin idea de lo que era el amor y enérgica hasta el cansancio. Por eso era que encajaban a la perfección.

Recorrió el campo con la mirada, buscándolo, solo le faltaba despedirse de Manuel para poder volver a casa y llamar a su madre. Al no dar con él, empezaron a caminar hacia la salida que estaba por la calle Savio. Pasaron la garita de seguridad y salieron. Iban caminando en dirección a Constituyentes charlando animadamente, cuando la voz del entrador las hizo frenar.

—¿Y ahora qué quiere el viejo? —consultó Vicky con molestia.

—No sé, Vi, esperá que voy a ver y vuelvo. Si querés, andá yendo y nos vemos en casa —le dijo mientras comenzaba a pegar la vuelta.

—Ni loca, yo voy con vos —por nada del mundo la dejaría sola, estaba intrigada por saber qué pasaba.

—Ok, vamos.

Volvieron a entrar al club y fueron hacia donde las esperaba.

Manuel había estado buscando a Melina por todos lados, tenía que hablar con ella para darle la noticia. Él sabía con cuánta fuerza ella deseaba entrar al equipo, era tan buena que se lo merecía. Sin duda la extrañarían.

"Dales alas para volar, y en cuanto estén listas, lo harán", eso le había dicho su padre cuando le entregó la conducción de esa categoría, el viejo nunca se equivocaba.

—¿Pasó algo? —le preguntó ella con enfado. Estaba cansada, le dolía el cuerpo y ya quería llegar a su casa para descansar. Ni hablar del calor que hacía.

—Lina, tengo que darte una noticia. ¿Puedes quedarte un rato? —comento él con entusiasmo. Por nada del mundo se perdería de ver su cara cuando se enterara.

—¿Posta? Estoy cansada. ¿Es urgente? —preguntó rezongando. Cada minuto que pasaba se enojaba más y eso no era nada bueno, porque la combinación de Melina cansada, dolorida y furiosa, podría ser peor que el ojo de un huracán.

—Sí, Melina Sandero, es urgente y muy importante —sentenció con seguridad. A veces esa niña lograba sacarlo de quicio—. Vamos a la oficina, en unos minutos todo tu enfado se esfumará.

Lo miró primero a él y después a su amiga, sin entender por qué afirmaba que su enojo se iría.

Caminaron unos pasos por detrás y solo cuando alcanzaron la puerta, se adelantaron para entrar. Iba a empezar a bufar, cuando notó la presencia del cuerpo técnico del seleccionado mayor a un costado. Apretó la mano de Vicky con fuerza, y en ese momento entendió por qué le había dicho que su enojo se esfumaría.

# Capítulo 4

Hola, mami! —saludó eufórica. Se estaba mordiendo la lengua a causa de lo que escondía.

—Mi vida. ¿Cómo les fue? —quiso saber su madre, emocionada. Sin siquiera imaginarse lo que su hija estaba a punto de decirle.

—¡Ganamos, ma! Metí tres bochas y tengo algo para contarte —le confesó con una felicidad muy difícil de describir; su madre del otro lado de la línea estaba dando saltitos como siempre que se ponía nerviosa.

—¿¡Qué!? Dale, hija, no me tengas en ascuas, contame —exclamó con urgencia.

—Mamucha, en el partido de hoy estuvieron presentes los dirigentes de la selección. ¿Y a que no sabés qué pasó? —preguntó con diversión, bajo la atenta mirada de Vicky que lloraba por lo que su amiga había logrado—. ¡Me eligieron! Mamá, lo conseguí, mi metro sesenta y cinco consiguió impresionar a esa gente —lo que acababa de soltar fue la gota que rebalsó el vaso. Para quien había abandonado todo a sus dieciocho años, escuchar que lo que más amaba en este mundo, conseguía cumplir su meta, no tenía palabras. No hay palabras que alcancen para describir cómo se sentía esa mujer, ya que decir que estaba feliz, era poco. Rompió a llorar de alegría, de satisfacción, sin importarle que todos a su alrededor la miraran.

—¡Dios! Hija mía, ¡qué buena noticia!, no sabés lo feliz que me hacés. Ojalá hubiera estado ahí para verlo —no sabía si algún día se perdonaría no haber estado para acompañarla.

—Te amo, mamá. No estuviste físicamente pero sentí tu energía llenándome de valor cada vez que peleaba una bocha —respondió sintiendo que lo que acababa de decir era verdad.

—Yo también te amo, hijita. Esta noche lo celebraremos y me contarás todo con lujo de detalles. Ahora tengo que cortar porque me llaman.

—Ok. En unas horas nos vemos —cortó sintiendo que haber rechazado en su momento la propuesta de irse al exterior había valido la pena.

Ser una persona tranquila, que no bebía, no fumaba y cumplía una dieta al pie de la letra, daba resultados y qué resultados. Estaba feliz, pletórica y más que emocionada. No veía la hora de gritar a los cuatro vientos que sería una Leona. Esperaba con ansias el momento de demostrarle al mundo que se merecía ese lugar. Sentía que todo eso se lo debía a su madre, que fue quien la apoyó incansablemente. Ella era quien la cuidaba, aconsejaba y mantenía. Era su amiga, su madre y su padre. Ocupaba todos los espacios que habían sido vaciados. Porque si hubo algo que no le faltó, fue amor, cariño y comprensión.

Para Sandra, lo más importante era ver que su niña cumplía sus sueños y saber que lo tenía al alcance de su mano la llenaba completamente. Por eso mismo trabajaba hasta el cansancio. Trabajaba para que su luz pudiera dedicarse pura y exclusivamente a jugar al hockey y ella le devolvía todo con creces. Terminó el secundario con uno de los mejores promedios, se portaba bien y nunca la dejaba sola. Ellas siempre fueron una, carne de su carne. Eran felices sin necesitar a un tercero, siempre fue y será así. Al fin cada árbol sembrado y regado, daba sus frutos.

Cuando entraron a su casa, lo primero que hizo Mel fue dejar el bolso y el estuche en su lugar para después correr a poner música.

Vicky la miraba confundida, porque si bien sabía que eso era lo que más quería su amiga, era consciente de que ella no entraba en ese plan. Desde siempre habían hecho todo juntas y el hockey no era exactamente eso. Tenía miedo de perderla, le aterraba el cambio que estaba por darse y no por ser egoísta sino porque era su hermana, su confidente, su compinche de risas y su paño de lágrimas.

Mel la observó mientras saltaba de acá para allá completamente enloquecida. Pudo ver que algo le pasaba, que algo raro estaba dando vueltas por esa cabecita loca. Eso la alertó, le hizo dar cuenta que su amiga tenía en la mirada confusión, miedo y tristeza. Corrió hacia ella y la abrazó con fuerza, diciéndole que siempre sería Mel. Que eso que se daba no la cambiaría y que su tiempo juntas no se acabaría. La otra le devolvió el abrazo con mucha más fuerza, calmando, por el momento, el malestar que la embargaba.

Más tarde, con la llegada de su madre, todo se volvió más intenso. Cenaron milanesas a caballo con papas fritas y acompañaron la comida con una cerveza, de la cual Melina solo tomó un sorbo. No podía permitirse más excesos. Ahora más que nunca debía cuidarse, porque los meses que se venían, serían agotadores.

Se fue a dormir con una sonrisa pintada en el rostro. Esa noche soñó con el podio y con la entrega de la medalla dorada. Soñó con una playa blanca y con la compañía del número dos en el mundo del tenis.

# Capítulo 5

Así fueron pasando los días y con ellos sus mañanas de entrenamiento, sus tardes de gimnasio y las noches, que últimamente solo eran para dormir. Había días que no quería levantarse, pero no se lo podía permitir.

Deseaba saber manejar y tener un auto. Eso de viajar todos los días no era tarea fácil y menos para Mel, que había pasado gran parte de su vida evitando el transporte público. Si se están preguntando el por qué, la respuesta es simple y sencilla. Le fastidiaba que creyeran que las personas son vacas. Demasiados olores y roces para su gusto. Así era ella, asquerosa por naturaleza.

Siempre creyó que los gobernantes eran arrogantes, inútiles y que no les importa un carajo, porque mientras ellos se pasean por ahí en sus autos de alta gama, los laburantes viajan en pésimas condiciones.

Y ni hablar de la vuelta, esa era la peor tortura del día. Entre el cansancio acumulado, el enojo por algún que otro entrenamiento no tan bueno y algún forro que se creía autorizado para tocarle el culo, sentía que no pegaba una. Estaba feliz por haber obtenido lo que soñaba pero cada vez entendía más lo que sus compañeras le dijeron cuando la conocieron.

—Mel, ser parte de la selección no es fácil. Habrá días en los que odiarás ser una de nosotras. Otros en los cuales no vas a querer venir, estarás cansada, molesta y por más que ames el hockey, en algún momento vas a querer abandonarlo. Y esa es la prueba de fuego, porque si no te derriban esos motivos, ya nada lo hará —le confesó la número veintisiete con sinceridad. Noe sabía de lo que hablaba, por eso era clara. Con doscientos cuarenta y cuatro partidos internacionales jugados, estaba más que curtida.

—Los meses anteriores a un partido tan importante son fatales, porque por más que juguemos todo el año, la presión a la que nos exponemos en ese caso es única. Sentimos que cargamos en nuestra espalda el peso de todo un país que espera tener un trofeo y no entienden que somos seres humanos. No somos de fierro y tampoco invencibles. Pero eso, nena, a pocas personas les interesa —sentenció Gaby, una de las volantes que ya contaba con treinta y seis partidos internacionales jugados.

—Y jamás olvides que ante todo, somos una familia. Desde hoy vas a pasar horas, días y meses con nosotras, siempre estamos todas para la otra y recibimos lo mismo sin siquiera pedirlo porque es una cuestión de amor, es algo que sale con espontaneidad. Así que, pequeña: ¡Bienvenida! —le gritaron mientras la agarraban en equipo para hacerle una malteada por su llegada.

En eso venía pensando mientras viajaba de vuelta por la Avenida General Paz. Al ser viernes, el tráfico estaba peor que nunca. Autos, motos, camiones y colectivos tocaban bocina sin parar, se gritaban y peleaban sin sentido. Desde su asiento al lado de la ventanilla, los observaba sin entender cómo podían ser tan cavernícolas. Por más que se pongan locos, el tráfico no va a correr a su antojo, así que para qué preocuparse, se dijo.

Se puso los auriculares y cerró los ojos, dejándose llevar por la voz de Maluma y Thalía que cantaban juntos, tratando de comprender por qué se sentía tan angustiada. Eso era lo que quería, lo que soñaba, era su meta. Entonces ¿por qué no se sentía completa? Se dijo una y mil veces que eran los nervios, creyó que la adrenalina le estaba pasando factura. Pero no. Ahí había algo más, algo que aún no lograba descubrir.

Llegó a su casa pasadas las cinco de la tarde. Su madre no llegaría hasta la noche, así que se recostó un rato para descansar. Los músculos de los muslos le quemaban, los brazos pedían a gritos un poco de alivio y ni hablar de las ampollas que tenía en la mano derecha. Estaba agotada. Ni siquiera la ansiedad por el viaje que se aproximaba lograba contentarla.

No quería dormirse, pero el cansancio la arrastró hasta que se durmió profundamente.

Sandra llegó a su casa más tarde de lo esperado. Subió los dos pisos por escalera cargando la cena para su hija. Sabía que esos días estaban superando su fuerza, pero confiaba ciegamente en que solo era una mala racha y que cuando se acostumbrara, volvería a ser ella.

Entró al departamento y se encontró con todo apagado y oscuro. Dejó la cartera, y la cena sobre la mesa de la cocina y se dirigió al cuarto de Melina. Abrió la puerta con cuidado y la vio despatarrada boca abajo sobre la manta, con sus facciones relajadas y el pelo aún atado. El corazón se le llenó de ternura y los ojos, de lágrimas. Estaba tan grande, ya era una mujer. Una mujer hermosa. Una mujer con un gran parecido físico al de su padre, igualando el color marrón de sus ojos, la forma redondeada de su rostro, el grosor de sus labios y su sonrisa. Cada vez que sonreía se le formaban unos hoyuelos al costado de su boca, que la hacían parecerse más, como si eso fuera posible. Nunca más supo nada de él, y suponía que no estaba en la ciudad, aunque eso último no podía asegurarlo. Buenos Aires es tan grande que sería casi imposible que volviera a verlo.

Su hija era la cruza perfecta, la proporción ideal. Contaba con las cualidades necesarias para hacer feliz a quien se animara a amarla, a quien se atreviera a desafiarla y a quien la complementara.

—Ojalá pronto descubras la dicha del amor y llegue esa persona que te haga volar, que te valore y te de felicidad eterna. Te merecés lo mejor que esta vida pueda darte —le susurró con cariño, mientras le acariciaba el pelo.

Depositó un beso cargado de orgullo en su mejilla y se fue; lamentándose por no haberle dado una familia entera. Se fue sufriendo por no haberle demostrado que las parejas existen, y que el amor infinito es verdadero.

<h1 style="text-align:center">Capítulo 6</h1>

Las Leonas volvieron a hacer historia después de vencer a Holanda por dos a uno en la final que se jugó en el Lee Valley Hockey and Tennis Centre de Londres, y por séptima vez se consagraron en el Champions Trophy.

Para Melina, ese era su primer trofeo ganado junto a ellas. Fue una experiencia inolvidable y cada lágrima derramada valió su peso en oro.

Volvió a su país distinta, volvió siendo la chica que era hacía unos meses atrás. Deseando más. Volvió con hambre de triunfo, dispuesta a dejar todo en los Juegos Olímpicos y preparada para ganarse la medalla de oro.

Llegó a su casa acompañada de su madre que no dejaba de abrazarla y decirle cuánto la había extrañado.

Hablaron durante horas. Le contó hasta el último de los detalles, le relató cómo eran los lugares que había visitado y le mostró las mil fotos que se había sacado. Le confesó que estaba impactada por el clima, templado, oceánico, tan húmedo que reinaba en esa ciudad, donde podía llover en cualquier fecha del año. Estaba impresionada, fascinada por la cultura y por lo modales de las personas que habitaban ahí y esperaba volver pronto, pero no para jugar sino porque quería llevar a su madre de vacaciones y si todo le salía como lo venía planeando, en unos meses, podría hacerlo.

Después de tan largo viaje tenían unos días de descanso antes de partir hacia Río de Janeiro, así que estaba dispuesta a disfrutarlos al máximo con su amiga.

La llamó por teléfono esa misma tarde y quedaron en encontrase en Plaza Serrano a las nueve de la noche, para cenar y festejar su triunfo.

Se bañó con parsimonia y salió oliendo a moras y canela, la fragancia de su gel de ducha. Embadurnó todo su cuerpo con crema y con mimo.

Buscó qué ponerse, y una vez que su muda estaba lista sobre la cama, se dispuso a secarse el cabello; cabello que ya de por sí era lacio, pero después de secarlo y plancharlo caía como una cortina sobre su espalda. Lo moldeó con sus manos con facilidad, pensando que ya lo llevaba demasiado largo y que al día siguiente le pediría a su madre que le cortara las puntas.

Se maquilló con suavidad aplicando más atención al delineado de sus ojos para destacar su profunda mirada color chocolate, arqueó sus pestañas y dejó los labios para lo último. Se miró una vez más al espejo y satisfecha con el resultado, fue a vestirse.

Se puso un conjunto de ropa interior negro confeccionado en algodón, una calza engomada del mismo color y lo combinó con una camisa de gasa rojo pasión que dejaba ver por su transparencia lo que tenía puesto debajo. El arduo entrenamiento que realizaba la favorecía, su ya plano vientre estaba adornado por abdominales, la piel tersa de sus pechos le otorgaba firmeza al montículo que sobresalía de la taza del corpiño, sus piernas y muslos duros como una roca, enfundados en esa tela, se veían impresionantes.

Terminó su atuendo con unas botinetas rojas de gamuza con suela negra que le hacían ganar unos centímetros de altura, algo que no era necesario pero ella estaba convencida de que se veía mejor de esa forma. Como si hiciera falta, Melina portaba una belleza tan natural que era imposible no mirarla, porque si bien no era un palo vestido, tenía lo suyo; curvas que dejaban perplejo a más de uno a su paso.

Dio una vuelta frente al espejo que estaba colocado detrás de la puerta de su habitación y se dio el visto bueno. Hacía muchísimo tiempo que no salía por ahí a divertirse, quería aprovechar al máximo esa noche junto a su amiga; por eso puso tanto esmero en su apariencia.

Guardó en la bandolera de cuero su billetera, el brillo de labios, un paquete de carilinas y el cargador portátil para el celular. Agarró un saco de pana negro del placard, el gorro y la bufanda de lana de uno de los cajones y salió de su habitación.

Se abrigó antes de traspasar la puerta del departamento para evitar tomar frío, no podía enfermarse justo esa noche. Dejó una nota para su madre donde le escribió que no la esperara despierta porque no sabía a qué hora volvería y la finalizó con un te amo. Se pintó los labios frente al espejo de la entrada y salió dispuesta a pasarla de diez como pocas veces lo había hecho cuando era una adolescente.

# Capítulo 7

Llegó al lugar pactado justo a tiempo. A pocos metros de distancia distinguió a Vicky entre el tumulto de gente que iba y venía caminando por los alrededores de la plaza, colmada de artesanos que exponían y vendían sus trabajos. A pesar del frío que caía sobre la ciudad, se podía ver cómo los diferentes bares estaban repletos de jóvenes que disfrutaban de la noche.

Caminó hasta su amiga y se paró a poca distancia de su figura delgada. Como Vicky estaba de espaldas, todavía no la había visto, así que aprovechándose de eso, le chistó varias veces sabiendo que le molestaba terriblemente. Después de hacer varios intentos y evitar descostillarse de risa, no quiso darse por vencida sin apostar una vez más. Le volvió a chistar y Vicky completamente furiosa, se volteó gritando.

—¡No soy perro para que me chisten! —dijo notablemente molesta. La enfurecía que los hombres hicieran eso. Lástima que al darse vuelta descubrió que no era un hombre sino que, en cambio, era su amiga tratando de llamar su atención. Sin pensarlo, acortó la distancia con urgencia y la estrechó entre sus brazos. La abrazó con tanta fuerza que, en un momento, Mel comenzó a toser por la falta de aire.

—¡Ya, tarada! Me estás ahogando —exclamó sacudiéndose para que aflojara su agarre—. Yo también te extrañé, amiga —le dijo con sinceridad. Solo eso bastó para que la soltara y la mirara de arriba a abajo sin tapujos.

—Mamita, ¿qué te dieron en el viaje? Volviste más buena de lo que estabas —comentó soltando un chiflido.

—Uy, qué chistosa. No me dieron nada y estoy igual que siempre —afirmó con seriedad.

—Como vos digas, tonta. ¿Cómo estás? —preguntó mientras se tomaban del brazo y comenzaban a caminar.

—Bien, un poco cansada por el viaje ¿y vos? —respondió suspirando.

—Genial, tuve un día de lo más entretenido, un día no, más bien una semana —el tono que empleó para decir eso, llamó la atención de Mel. Algo le estaba pasando y ella no pararía hasta descubrirlo.

—¿Por qué? ¿Qué pasó? —trató de averiguar.

—Nada que importe. Mejor busquemos un bar antes de que me congele, hace un frío terrible —y ahí estaba, quería cambiar de tema así que algo grave pasaba, pensó para sí misma.

—Ok. Como vos digas ¿entramos a Tazz? —propuso.

—Sí y nos jugamos unas partidas de pool —aseguró mientras se frotaba las manos.

Caminaron un poco más hasta que llegaron a la puerta donde un guardia que medía fácilmente dos metros, impedía la entrada. Las chicas se miraron y lo miraron a él esperando que las dejara pasar.

—Buenas noches, señoritas. Sus documentos, por favor —pidió amablemente con su voz rasposa.

Mel lo miró a la cara y tragó con fuerza, ese grandulote infundía mucho miedo en las personas. Su mirada penetrante y el tamaño de sus músculos la hicieron temblar. Mientras que a Vicky le daba risa la cara de su amiga, le dio un empujón para que reaccionara y sacara su documento de identidad antes de que las echaran por entorpecer el paso de las demás personas que empezaban a amontonarse detrás de ellas. Con cierta reticencia le tendió la tarjeta al hombre que la tomó entre sus gigantes manos. Observó a ambas y con un asentimiento las dejó pasar.

La rubia tomó la delantera y la castaña la siguió. Era la primera vez que entraba a ese lugar, por eso se quedó asombrada con todo lo que veía, porque si bien el local no era gigante, tenía su tamaño. La decoración iba y venía entre el rojo, el negro y el turquesa. Una barra se apoderaba de todo el centro de una de las paredes y varias banquetas altas la presidían. Largos ventanales llenaban el frente y al fondo había unas cuantas mesas de pool que en ese momento estaban siendo usadas. Cada una de ellas iluminada por una lámpara que colgaba del techo.

Tomaron asiento del lado contrario a las mesas de juego, en unos sillones que al medio tenían una mesa color plata, la cual también contaba con una lámpara que a diferencia de las mesas de pool, estaba amurada a la pared. Desde ese ángulo se podía ver todo el lugar. Detrás de ellas, la pared estaba pintada de rojo pasión en toda su extensión y con un bajo estampado en color negro que desprendía notas musicales.

Se despojaron de los abrigos para estar más cómodas y porque en el bar el ambiente era bien cálido.

Una camarera se les acercó para dejarles la carta y ellas se dispusieron a mirar para ver qué iban a pedir. Ambas acordaron pedir unos pinchos de pollo con pimientos y para tomar, Gancia batido.

De fondo sonaba La Beriso cantando *Otra noche más* y eso hizo que a Mel se le formara un nudo en la garganta. Tenía que contarle a alguien lo que le pasaba, porque no era normal. Miró a su amiga que estaba concentrada en su celular y sin pensarlo, lo soltó.

—Vicky, lo vi. A lo lejos, pero lo vi y no puedo sacarlo de mi cabeza. ¿Qué mierda hago? —le confesó suspirando, se sentía bien poder decir lo que le pasaba en voz alta.

—¿De qué estás hablando? —le preguntó dándole toda su atención.

—No te hagas la tarada, sabés de qué te hablo —retrucó un poco molesta.

—Ok, ya veo por dónde viene el tema. ¿Posta, seguís con eso? Amiga, estás mal —le dijo riendo. No podía entender cómo era que una persona pudiera tener tanta obsesión.

—Ya fue, dejalo ahí. Mejor cambiemos de tema porque ya me puse de mal humor —le contestó con cara de culo. Nadie la entendía, para ella, ese tema era muy importante y ni siquiera su mejor amiga era capaz de entenderla. Porque si bien no creía en el amor, desde hacía años, vivía obsesionada con conocer al hombre que le robaba los sueños.

—Como quieras —expresó divertida—. ¡Quiero todos los detalles de tu viaje! Uno por uno, y no te guardes nada porque voy a saberlo y me las voy a cobrar —exigió en parte para alentar a su amiga a cambiar de tema.

Mel sonrió y se puso a relatar todo lo vivido sin obviar detalles.

Más tarde y después de haber cenado, jugaron varias partidas de pool bajo la atenta mirada del género masculino que no podía despegar los ojos de esas dos jóvenes que reían sin parar. Así eran ellas, donde fuera que estuvieran, atrapaban la atención sin siquiera proponérselo.

# Capítulo 8

inutos después de desembarcar en el aeropuerto de Río de Janeiro, Melina podía sentir el cálido aire que se respiraba en Brasil. A pesar de ser un vuelo corto, gozó de ese tiempo libre para charlar con sus compañeras sobre nuevas estrategias de juego, mientras veían videos de partidos jugados por algunas de sus rivales.

La ansiedad la estaba matando y si bien habían llegado unos días antes de su primer partido, no veía la hora de ponerse a entrenar y sacarle provecho a su oportunidad.

Una vez que pasaron por todos los controles y recibieron su equipaje, comenzaron a caminar en grupo hacia la salida donde una combi las esperaba para trasladarlas a la Villa Olímpica.

No podía dejar de mirar cada novedad que aparecía frente a sus ojos. La estructura del aeropuerto estaba diseñada de forma semicircular, los techos vidriados, en su gran mayoría, eran sostenidos por vigas de metal. Contaba con escaleras mecánicas para el uso de los transeúntes y si bien no era tan espectacular ni grande como otros, este tenía su atractivo propio. Melina tenía bastante miedo de perderse y no entender lo que decían los carteles, el idioma local podría ser parecido al suyo pero no era igual y ella se llevaba demasiado mal con el inglés como para confiarse.

*No entiendo un pepino. Será mejor que preste atención si no quiero terminar en una Favela rodeada de brasileños haciendo capoeira. Aunque eso no estaría tan mal después de todo, porque si todos están tan buenos como los que crucé hasta este momento, me pierdo encantada. ¡Viva Brasil!*, pensaba mientras caminaba detrás de sus compañeras.

Quería gritar con todas sus fuerzas, pero sabía que si lo hacía, iba a llamar la atención de la gente que caminaba por las instalaciones, y si ya los tachaban de quilomberos; con su demostración, sería mucho peor.

Cuando quiso darse cuenta, ya estaban en el exterior del aeropuerto Internacional de Galeão que estaba ubicado en la Isla del Gobernador.

Levantó la vista y se quedó congelada admirando el paisaje que rodeaba esa isla. Era una postal perfecta para fotografiar. El sol se estaba poniendo y el cielo se teñía de diferentes matices que se fundían unos con otros sobre el extenso mar, enmarcados por la vegetación que florecía de la tierra. Era pura y absolutamente maravilloso. La mezcla de colores era exquisita, fabulosa.

Se abstrajo de todo y mientras dejaban atrás la edificación, se dedicó a seguir observando el paisaje que le brindaba esa bella ciudad. De fondo, podía escuchar el murmullo de las demás pero poco le importaba, estaba tan fascinada que nada la distraía. Al final, cumplir su principal meta tenía extras que no entraban en sus planes. Gracias a su esfuerzo estaba conociendo personas excepcionales y lugares inolvidables. Estaba feliz y deseaba compartir eso con las dos personas más importantes de su vida, se juró que algún día llevaría a su madre y a su amiga a Brasil, ellas también deberían gozar de todo eso.

Se subieron a la combi y a medida que esta avanzaba por la autopista, podían ver cómo por debajo de ellas fluía el agua cristalina y calma del mar. Se sumergieron en la vorágine del tráfico que inundaba las calles de la ciudad. Sabía que debían recorrer unos treinta y tres kilómetros para llegar a la Villa Olímpica, pero no sabía cuánto tiempo les llevaría ni qué ruta tomarían. Así que iba sentada del lado de la ventanilla con su nariz pegada al vidrio para ver todo lo que dejaba a su paso.

Ya se podía sentir el ambiente de fiesta que brotaba de las calles, evidentemente los brasileños estaban ansiosos por el comienzo de los espectáculos que iban de la mano de los deportes.

A lo lejos, pudo divisar el Cristo redentor y en ese momento tuvo ganas de contar con más tiempo libre para acercarse, al menos, un poco más y si no podía obtenerlo, se aseguraría de volver pura y exclusivamente para ver semejante maravilla.

Tuvieron que cruzar la ciudad de punta a punta para llegar a su destino ya que el aeropuerto se encontraba en la zona norte y la Villa Olímpica en la de Barra da Tijuca, al oeste de la ciudad.

Se notaba a la legua que era su primer mundial porque no podía dejar de sorprenderse con cada detalle que veía y, al llegar a la entrada de la Villa, por poco no se tiró en movimiento del transporte. Sus compañeras se mataban de la risa con las monerías que hacía o con los comentarios tan típicos de ella. Melina era una de las más chiquitas del grupo, por lo tanto, las demás trataban de cuidarla y protegerla para que no se sintiera sola. Ellas ya habían pasado por eso muchísimas veces, así que sabían que los primeros viajes era todo muy lindo, que la emoción era desbordante. Lástima que después llegaban los nervios y ya no se vivía todo con tanta libertad.

# Capítulo 9

La combi se estacionó en la entrada para que las jugadoras pudieran disfrutar de las vistas. Se bajaron apresuradas para poder sacarse fotos en los tan conocidos aros que identifican a los Juegos Olímpicos. Caminaron por las veredas que sorteaban los edificios donde tantas delegaciones se hospedarían durante el tiempo que participaran de la competencia. Pararon para seguir tomándose fotos pero esa vez fue el turno de la fuente de aguas danzantes que presidía el centro del complejo. Y como ya no tenían más tiempo, el encargado de instalar al equipo, les comunicó que debían trasladarse hacia las instalaciones que compartirían argentinos, uruguayos y chilenos. Con la ansiedad a tope y los nervios a flor de piel, se dirigieron a su destino pensando y charlando acerca de cómo sería la ceremonia de bienvenida que le darían esa noche en donde se izaría la bandera Argentina.

Rieron de cuanta pavada se les ocurría y disfrutaron del clima cálido hasta que llegaron a su destino.

Frente a ellos, se alzaba una edificación realmente grande, de veinte pisos con sus respectivos balcones y pintado de color blanco con las columnas en tono gris. Ya se encontraban colgadas las banderas representativas de cada país en sus respectivos pisos, flameando al son de la leve ventisca que recorría las alturas.

Al entrar se repartieron en grupos para subir a los ascensores y solo unos pocos se aventuraron a la locura de trotar por las escaleras. A Melina, por más deportista que fuera, no le agradaba la idea de hacer semejante esfuerzo y menos después del viaje hecho.

Admirando cada detalle del hall del edificio, se dejó ir para sumergirse en su particular mundo donde se preguntaba una y otra vez si esa sería su oportunidad, si lograría levantar la copa en sus primeros Juegos Olímpicos y quizás, solo quizás, si alguien estaba de su parte, lograría cruzarse por ahí con su principal motivación, el tenista Iain Grant. Quien desde hacía varios años se robaba sus mejores sueños, se ganaba cada uno de sus suspiros y se adueñaba de cada sonrisa sincera. Para ella, era verlo y desfallecer, era sentir que el mundo giraba a una velocidad vertiginosa. Su corazón galopaba con fuerza cuando pensaba que esa sería su oportunidad de triunfar y no solo como jugadora sino también en el amor. Un amor en el que no quería creer pero en el cual sus esperanzas de niña la alentaban a soñar. Tan rápido voló y con fuerza cayó, cuando una de sus compañeras la empezó a sacudir para hacerla reaccionar. Con carita de ángel, roja como un tomate, pidió disculpas y con valor, subió al ascensor antes que las puertas se cerraran para llevar a los últimos del equipo hacia el que sería su hogar por unos días o semanas, o tal vez un mes; eso, por el momento, no se sabía.

Melina, al encontrarse en un lugar cerrado con tantas personas a las que no conocía, se sintió mareada, asqueada y no veía el momento de que algunos se bajaran, sobre todo el joven que se encontraba parado detrás de ella respirándole su asqueroso vaho tan cerca. Actuando muy a su yo, se dio vuelta y encarándolo con seguridad le dijo:

—¿Tus padres no te enseñaron modales? Mínimamente podrías haberte lavado los dientes, ¡apestas! —le escupió sin un poquito de sutileza.

—¡Ohhhh! Parece que a la señorita tengo un palo en el culo le molesta que le respiren cerca —retrucó el chico con burla haciendo que sus compañeros comenzaran a reír.

—Prefiero tener mil veces un palo en el culo antes de tener aliento de cocodrilo. No hacía falta que estuvieras respirando encima mío, sos muy desagradable, por no decirte algo peor —acotó elevando la voz. Se estaba comenzando a enojar y eso no era bueno porque podría escupir cualquier barbaridad por esa linda boquita sin siquiera darse cuenta.

Una frenada le hizo correr la cabeza de su objetivo para centrase en el visor del ascensor que anunciaba la llegada a un piso, no al de ellas, pero por lo menos sí al del desubicado con el que estaba teniendo una linda charla.

—Te salvó la campana, muslitos. Nos vemos pronto —entonó el ciclista argentino antes de bajarse del espacio que venían compartiendo.

Melina se quedó estática en su lugar sin poder creer cómo un pibe tan lindo como ese, podía ser tan idiota. Su compañera la miró con interrogación porque no entendía nada de lo que había pasado, ni cómo Mel se había enervado solo por un mal aliento. Ella, ni corta ni perezosa le mostró el dedo medio y le regaló una sonrisa sarcástica de esas que tanto disfrutaba dar. La otra sonrió y meneando la cabeza, se acomodó para descender del aparato que estaba llegando a destino.

# Capítulo 10

as habitaciones eran para compartir entre dos y al ser las últimas, les tocó estar juntas. A Mel no le agradó mucho ya que con la arquera del equipo no tenía relación. Habían hablado poco y nada; la cara de su futura compañera no era para nada amigable. Con fastidio y todo, puso su mejor cara, no quería que los demás se dieran cuenta de que no estaba contenta con lo que le tocaba.

Al entrar al departamento se encontró con una sala de estar que contenía un sillón de tres cuerpos, dos de uno y varios puffs desparramados por el suelo. Más allá se veía una puerta balcón por donde se podían ver los demás edificios. La unidad, además contaba con tres habitaciones, dos baños, una cocina y lavadero.

El entrenador, después de nombrarles todo lo que verían, les dio el ok para que ocuparan las habitaciones y se acomodaran. Enseguida, Mel desfiló hacia el pasillo donde estarían los cuartos, rogando encontrar uno con vistas inmejorables y vaya que lo encontró.

Se acercó a la ventana y se quedó maravillada con todo lo que veía desde allí. Al frente suyo estaba la edificación donde se hospedaba la delegación de Australia y la de Alemania. A su derecha, varios pisos por debajo veía una gran carpa blanca, el famoso comedor central donde cinco mil atletas podrían disfrutar diariamente de la comida típica de cada país. La fuente de agua danzantes y más en el centro del complejo, las piletas para los jugadores. Definitivamente la Villa Olímpica es el lugar sagrado de los deportistas, se dijo para sí misma mientras gozaba del silencio que reinaba. Cuando fue el turno de mirar hacia su izquierda, se quedó sin aire, completa y absolutamente maravillada observando las vistas privilegiadas que tenía. Al otro lado del mar, se podía admirar una gran parte de la ciudad.

Con toda la calma que pudo reunir, respiró hondo y despejó su mente, centrándose en acomodarse en el que sería su lugar durante varias semanas.

La habitación contaba con dos camas de una plaza, cubiertas por unos cubrecamas estampados con pequeños cuerpos blancos y el fondo era de la gama de colores que predominaban en los juegos. Cada una tenía su mesa de luz y en los respaldos un pequeño velador de escritorio. Un televisor smart empotrado en la pared y dos placares. Todo el mobiliario era de color blanco.

Descolgó la mochila que traía en sus hombros y se dejó caer sobre la cama que estaba ubicada al lado de la ventana. Muy lentamente, la calma la atrapó y mirando las cortinas que danzaban al compás de la brisa que se filtraba por la abertura, se durmió.

Unas horas más tarde, sus compañeras la despertaron porque debía prepararse para la ceremonia de bienvenida. Se duchó lo más rápido que pudo, contaba con muy poco tiempo para estar lista. Al salir del baño e ingresar en la habitación, se emocionó al ver sobre su cama el conjunto que debía llevar. No pudo evitar que sus ojos fueran inundados de lágrimas de felicidad, ni tampoco retenerlas, las dejó ir aprovechando que nadie la veía. Odiaba que la vieran llorar, pero eran tantas las sensaciones que la atravesaban que ya no sabía cómo frenarlas.

Una vez lista, se miró en el espejo revisando que todo estuviera en su lugar. Guardó el celular y algo de plata en el bolsillo de la campera. Cuando estaba cerrando el cierre, entró el asistente del entrenador para comunicarles que debían salir. Se dijo una vez más que debía estar tranquila y salió hacia lo que sería su primer noche en los Juegos Olímpicos.

# Capítulo 11

La ceremonia había trascurrido entre lágrimas y risas. Melina disfrutó junto a sus compañeros y demás equipos de Argentina la bienvenida que los brasileños les dieron. Hubo bailes típicos, actuaciones impresionantes. Cantaron el Himno Nacional con sentimiento y fuerza mientras izaban la bandera de su país. Más tarde, al finalizar, recorrieron las instalaciones del complejo descubriendo que la villa era un pequeño mundo dentro de Río. Podías encontrar en la zona internacional: un salón de belleza, un banco, un mini mercado y una tienda oficial, entre otras. En el centro, una mini playa y más alejado, una cancha de vóley playero. El sector donde se encontraban los complejos estaba completamente cercado, por lo tanto, solo los deportistas tenían acceso. Por eso debían llevar una identificación colgada de sus cuellos, de lo contrario se les negaría el paso.

Fueron pasando los días y Las Leonas comenzaron a escalar, llevándose el triunfo en cada partido jugado. Mel estaba eufórica, no cabía en sí misma de lo inflado que tenía el ego. Empezando desde lo gratificante que fue vestirse para la ceremonia de apertura, que dicho sea de paso, fue un espectáculo inigualable. El despliegue que armó el país anfitrión les pasó el trapo a varios, sin duda sería algo de lo que se hablaría por años. Ella lo disfrutó como nunca, como si supiera que por algún extraño motivo no se volvería a repetir. Lo que no sabía era que detrás de una pantalla, alguien la vio y no pudo sacarla de su cabeza. Iain no participaba de ese tipo de espectáculos ya que, según su manager, no lo necesitaba y quizás tenía razón. ¿Para qué el número dos del mundo del tenis lo necesitaría?

Para él no había nada como entrar a ese rectángulo, empuñar la raqueta y pegarle a la pelota obteniendo saques precisos. Era portador de una resistencia perfecta para aguantar peloteos largos. Acarreador de una destreza envidiable, tan así que jugaba cada set como si fuera el primero. Se destacaba en sus técnicas con maestría mostrándole al mundo su destreza en los golpes, posiciones corporales y desplazamientos. Beneficiario de un drive conciso, un smash riguroso y demoledor, y un revés de mecánica natural destructor. Ser uno de los mejores le llevó mucho sacrificio a lo largo de su vida. Largos días de entrenamiento, dietas estrictas y sobre todo, muchas técnicas de concentración. Hoy en día, a pesar de estar casado se le conoce como uno de los hombres más implacables y mujeriegos de ese deporte. Tan así que el día que la vio, se juró darle tan duro a ese saque que no descansaría hasta hacerla suya.

—Iain ¿me estás escuchando? —reprochó Daniella, su esposa, al ver que él no le prestaba atención.

—No, querida. Estaba distraído pensando en el partido de esta tarde —respondió con rapidez. A veces no la soportaba. No se cansaba de maldecir a su padre por haberle arreglado este matrimonio.

—Querido —replicó con sorna—, me tienes muy desatendida últimamente. Entiendo tu interés por el tenis pero yo también merezco un poco de atención en tus ratos libres —comentó con aparente tristeza. Esa mujer no lo amaba ni le interesaba lo que él hiciera, siempre y cuando ella obtuviera la posición económica que le habían prometido y hasta el momento se cumplía, pero por otro lado, disfrutaba mucho cuando lo molestaba.

—Daniella, no me toques los cojones, ¿vale? Podrías haberte quedado en España. Estoy aquí para competir, no para andar jugando al matrimonio feliz —exclamó con furia—. Me tengo que ir. Nos vemos luego —dijo mientras salía del hotel rumbo a la arena donde se disputaría el partido de esa tarde.

Con el atardecer de fondo, Iain Grant se preparaba para entrar a la cancha a disputar su próximo partido. Su rival era un argentino al que había estudiado desde los pies hasta la cabeza. Pero al ver los colores que identificaban a ese país, él solo podía pensar en la muñeca que había visto el día de la inauguración, de la cual ya sabía el nombre, la edad y algunas cosas más. La castaña lo traía loco, tanto que estaba decidido a rastrearla. Se había enterado que ese día no jugaban, por lo tanto, se imaginaba que andaría recorriendo los alrededores de la villa.

Tomó el bolso con su raqueta, respiró hondo y se dijo que él jugaba para ser el mejor y que esa no sería la excepción.

# Capítulo 12

Melina disfrutó hasta el cansancio el día de descanso que tenían. Después de levantarse tras hacer fiaca más de media hora en la cama, se duchó con calma. Al salir se pasó crema por todo el cuerpo, se vistió y al ver que sus compañeras ya no estaban, decidió ir a pasear por los alrededores. Caminó por la vereda costeando las playas a la vez que disfrutaba de un rico licuado de banana con leche. Hizo fotos de todo lo que llamaba su atención hasta que vio algo que le hizo detener su andar. Frente a ella, por una pantalla, anunciaban las competencias del día con sus respectivos horarios y lugares. Se preguntó si ver aquello sería una señal, y se contestó que sí, que no podía ser de otra forma. Tomó una foto de la información que necesitaba y buscó con la mirada hasta dar con el ponto de taxis más cercano, que justamente se encontraba a una cuadra de donde ella estaba parada. Apresurando el paso, se dirigió hasta su destino con los nervios movilizando cada célula de su organismo.

—Bom dia, senhorita —entonó en portugués el conductor del taxi amarillo mientras ella se sentaba y cerraba la puerta.

—Buen día. Necesito que me lleve hasta el Centro Olímpico de Tenis —contestó en castellano. El moreno se quedó mirándola como si tuviera dos cabezas y ahí Melina se dio cuenta que no le entendía.

—Não falo español. Eu não entendo o que você está perguntando —explicó con calma. Mel apoyó la cabeza sobre el asiento para poder pensar, no entendía qué le estaba diciendo. Se sentía desbordada y maldecía por dentro. Fue justo en ese momento cuando se dio cuenta que si le enseñaba la foto, él le entendería.

—¡Ok! Le voy a mostrar una imagen para que me entienda —recitó queriendo reírse, no sabía para qué mierda le hablaba si de todas formas seguía sin entenderle, es más, la observaba como si estuviera loca. Sacó el aparato de su bolsillo y le enseñó la foto, mientras le hacía señas con la mano tratando de explicarle que debía llegar a ese lugar lo antes posible.

—Você quer que eu o leve a esse endereço. Agora se, eu entendi —afirmó sonriendo mostrando una dentadura demasiado blanca entre tanto color oscuro.

—Espero que me hayas entendido, Marcelo —manifestó un poco angustiada. Tomó nota del número de licencia de donde había sacado el nombre del conductor, por las dudas.

En el trayecto comenzó a replantearse si eso sería buena idea. Se dijo una y mil veces que estaba loca, que cómo había sido tan inconsciente de subirse a un auto en el cual el chofer no le entendía y ella a él tampoco. Por eso le mandó un mensaje de texto a una de sus compañeras, avisándole lo que estaba haciendo y hacia dónde se dirigía, adjuntando los datos del taxista y la patente del auto. Creyó que debía ser precavida, porque ese hombre quizás era un loco que podría aprovecharse de ella.

—Senhorita, estamos aquí. Há trinta e oito reais —expresó el conductor cuando detuvo el automóvil. Melina miró el reloj que durante el trayecto había marcado cuánto debía pagar, sacó dinero de su bolsillo y le pagó.

—Muchas gracias, Marcelo. Nos vemos —contestó bajándose con rapidez ya que el partido estaba a punto de comenzar. El hombre la saludó con un movimiento de cabeza.

Prácticamente corrió hacia la entrada. Al llegar, tuvo que detenerse y mostrar su carnet de participante para que la dejaran ingresar. Se apresuró hasta llegar a las gradas en donde buscó un lugar para sentarse y poder gozar de ver a su amor platónico jugar en vivo y directo. Tomó asiento a la misma vez que él hacía su entrada a la cancha y, como siempre que lo veía, se quedó sin aire y su estómago dio vueltas dentro de su cuerpo. No podía creer lo que estaba viendo, se puso de pie en un impulso y sin saberlo, se dejó ver.

Iain, tras sentirse observado, levantó su pelirroja cabeza que en ese momento estaba cubierta por una gorra blanca y la vio. Se deleitó con la imagen que esa muñeca argentina le devolvía. Para él era la criatura más exótica que había visto en su vida y más con el reflejo del sol dándole de lleno. Se dio media vuelta, llamó a uno de sus hombres de seguridad y en un perfecto inglés le pidió que a esa joven de cabello castaño que estaba parada, no la dejara marcharse por nada del mundo, que le exigiera que lo esperara hasta el final del partido.

# Capítulo 13

Unas horas después, Melina seguía sentada disfrutando del ir y venir de la pelota a la par que se preguntaba qué debía hacer. ¿Me quedo o salgo rajando de este lugar? Se consultaba a sí misma con insistencia como si alguien dentro suyo le contestara lo que tenía que hacer. Seguía asombrada por ese cruce de miradas que la dejó pasmada y más, luego de que un ropero de dos metros se acercara a ella y le trasmitiera el mensaje que Iain le había mandado. Su cabeza estaba abarrotada de dudas, incertidumbre y un poco de emoción.

Para ella, verlo empuñar la raqueta para darle respuesta a cada pelota, era sublime. Observar la destreza con la que se movía dentro de la cancha, cómo reaccionaba con rapidez y cómo casi al borde de terminar el partido y consagrarse como ganador una vez más, no se lo notaba agotado como a su contrincante.

Iain, mientras tanto, estaba prácticamente desesperado. Quería ponerle fin a ese set lo antes posible pero el argentino se la estaba poniendo difícil. Si bien tenía todas las de ganar, sabía que un mínimo descuido lo pondría en la cuerda floja y eso no era lo que quería, ni debía, ni podía permitírselo, no con ella observándolo con ese hambre voraz que veía cada vez que la miraba. Internamente le dedicó cada punto anotado. No comprendía por qué se sentía tan atrapado por esa mujer, pero estaba seguro que lo descubriría, la haría suya costase lo que costase.

Se secó el sudor con la toalla que le habían pasado y mirando hacia donde se encontraba Melina, hizo rebotar la pelota en el suelo deletreándole con los labios que ese saque era para ella. Le regaló una sonrisa que a ella le paralizó el corazón y sacó con tanta suerte que anotó un punto a favor.

A medida que trascurrieron los minutos, se podía palpitar la ligereza de ambos jugadores y el ansia que tenían de triunfar en ese juego. Con el marcador del último set a favor del escocés, teniendo dos de los anteriores ganados y el tercero de su lado, ya se podía ver venir que ese tiempo sería suyo logrando quedarse con tres sets de los cinco jugados.

Faltando pocos segundos para dar por finalizado el partido, Iain tomó desprevenido a su contrincante, sorprendiéndolo al llevar a cabo un drop shot restándole fuerza a la pelota, haciendo que cayera y rebotara al traspasar la red sin haberle dado tiempo al otro a reaccionar y alcanzarla antes de que picara dos veces.

Al sonar la chicharra, Iain se quitó la gorra y agitó su puño festejando, como tantas otras veces, ese juego fue suyo. Miró hacia donde estaba Melina, quien no sabía qué hacer, si dejar salir su alegría porque él había ganado o quedarse en el molde ya que el perdedor era un argentino. Sus iris volvieron a cruzarse una vez más y ella le regaló una sonrisa diciéndole internamente, y sin que él lo intuyera, lo feliz que la hacía haberse dirigido hacia ese partido y que él por alguna extraña razón le haya pedido que lo esperara.

En un arrebato de nervios, Mel comenzó a comerse las uñas y a zarandear de arriba a abajo uno de sus pies. Seguía sin comprender por qué el día que estaba viviendo la empujaba a cometer tantas locuras. Sabía que no tenía respuesta para todo lo que se le pasaba por la cabeza, pero si de algo estaba segura era que no perdería la oportunidad de ver personalmente a su tenista favorito.

Así, hecha un manojo de nervios, la encontró el mismo guardia que horas antes le había dado una de las mejores satisfacciones de su vida: poder conocer personalmente a Iain Grant.

# Capítulo 14

Caminó por los pasillos del estadio tratando de seguirle el paso al hombre que la guiaba, algo que era sumamente difícil ya que parecía que se olvidaba que ella iba detrás de él.

—Hey, grandulón ¿podrías ir más despacio? No te olvides que mido mucho menos que vos, mis piernas son más cortas —le replicó con ironía deteniéndose tan solo un segundo y así señalar lo que era obvio para ella, su diferencia en la estatura. El guardia la miró de reojo y bajó un poco la marcha.

Melina se propuso no pensar, y ser impulsiva por una vez en su vida, y si tenía que llevar a cabo alguna locura, lo haría. Se había dicho miles de veces que eso no le ocurría todos los días, por lo tanto, todo valía.

Llegaron a una puerta blanca en donde un cartelito colgado anunciaba el nombre de su más anhelado sueño. De sopetón se le bajó toda la impulsividad que había adquirido en el día. Estar frente a esa entrada, sabiendo con qué se encontraría del otro lado, asumiendo que estarían solos, que él era un hombre casado. ¿Estás segura de querer esto? Le preguntó su conciencia. Avergonzada por saberse capaz de entregarle su virginidad, se dio media vuelta para marcharse pero al mismísimo segundo que iba a comenzar a caminar, la puerta se abrió de golpe y la voz más exquisita, excitante, y áspera que había escuchado en su vida, la frenó en seco. Un escalofrío le recorrió la columna vertebral por completo haciendo que su piel se erizara sin compasión. Le temblaron las piernas y se le aceleró el corazón. En ese mismo instante, se dijo que nada le importaba, que ella no tenía compromisos, que ese hombre le gustaba y que no desperdiciaría eso. Respiró hondo y se dio vuelta para enfrentarse a él.

Iain tragó saliva con dificultad mientras la veía darse vuelta. *¿Acaso se estaba por ir?* Se preguntaba intrigado.

—Hola, muñeca —expuso con suavidad. Una vez más se quedó completamente tieso deleitándose con la belleza de Melina.

No comprendía por qué esa mujer lo sacaba tanto de su órbita. Jamás actuaba como lo estaba haciendo en ese momento. Él no buscaba a las mujeres, ellas lo buscaban a él. Pero desde que la vio no pudo dejar de imaginarla debajo de él fundiéndose con su cuerpo. Quería oírla gemir su nombre. Temblar entre sus brazos y ese sería el día.

Tiró de su mano a la par que despedía al guardia con un movimiento de cabeza, mientras Melina ingresaba a su espacio. Ambos inhalaron al sentirse tan cerca, llenado sus pulmones de esas tan agradables sensaciones que estaban despertando a pasos agigantados.

—Hola, Iain —contestó con atraso Mel al sentirse un poco más segura ante su presencia y cercanía. Lo tenía frente a ella, a un paso, y seguía sosteniendo su mano. Su corazón saltaba dentro del pecho sin agotarse. Las células le vibraban por todo su cuerpo y la sangre se agitaba furiosa en sus terminaciones. Ya no se sentía tan segura como hacía unos minutos, el miedo quiso acorralarla pero con una gran bocanada de aire lo ahuyentó.

—¿De dónde has salido, muñeca? Eres demasiado bella para ser real —expresó él cada vez más embobado a medida que acortaba la distancia que los separaba.

Le soltó la mano para depositar ambas en la cadera de la impresionante mujer que lo estaba volviendo loco. Un escalofrío eléctrico los hizo sobresaltar y juntarse aún más, como si eso fuera posible. Ella, con los ojos cerrados; él, sin poder dejar de mirarla. Le acarició la espalda de principio a fin deleitándose con los temblores que le producía. Sumergió una de sus manos en su nuca haciendo círculos en el nacimiento de su larga cabellera, la incitó a exponer su cuello y lo recorrió desde la clavícula hasta la oreja suspirando suavemente, logrando que su piel se erizase al completo. La olió sin reparos llenándose de su aroma femenino y dulzón.

Ella se dispuso a disfrutar de lo dado, dejando su mente en blanco. Absorbiendo cada detalle y descubriendo las reacciones de su cuerpo ante las demostraciones de Iain, sintió cómo él regaba su cuello de besos y subía; cada milímetro lo acercaba más a sus labios y lo deseaba, deseaba con todas sus fuerzas que rozara su boca y que acabara con la agonía que palpitaba en sus partes bajas. Hasta que lo hizo, su tenista depositó sus labios sobre los de ella y el mundo dejó de existir. Se perdió en su sabor, voló hacia destinos inimaginables y se aferró a sus brazos con determinación. Supo en ese instante que nada ni nadie podía arrebatarle lo que estaba sintiendo: que él era suyo por esa tarde, suyo y de nadie más.

La fuerza del momento los sumergió en una ola que acabaría por romper con garra en la orilla.

Sin dejar de besarla, lentamente se movió arrastrándola hasta donde él pretendía tenerla. Su primer destino era depositarla en el sofá que se alzaba en un rincón de la sala y así lo hizo. La manejó a su antojo y ella, como la virgen inexperta que era, se dejó manipular.

Con delicadeza le fue quitando las pocas prendas que llevaba puestas, sin dejar de disfrutar de las vistas que lo tenían más que atrapado. Cuando la tuvo expuesta solo con la ropa interior, se separó y recorrió su cuerpo de los pies a la cabeza con deseo y urgencia. Melina seguía con los ojos cerrados concentrada en las sensaciones que su físico le devolvía. Se supo desnuda y un tímido rubor tiñó sus mejillas. No es que fuera vergonzosa ni nada por el estilo, todo lo contrario, pero en ese momento no sabía cómo actuar. Definitivamente no era lo mismo leer y ver, que hacer. Se armó de valor y con lentitud abrió sus grandes ojos para ver qué descubriría con ellos. Se encontró con el pelirrojo parado a poca distancia, observándola con descaro. Hasta el momento no habían cruzado más palabras que el saludo, pero eso ya no importaba, estaba prácticamente desnuda frente a él, muerta de deseo y dispuesta a sacar valor de donde fuera para tenerlo.

Dio el paso que los separaba y con firmeza le dijo:

—Ahora me toca a mí —Iain esbozó una sonrisa de satisfacción que la dejó fuera de juego. Para ella, verlo sonreír fue el mejor regalo del universo, y eso la animó a continuar con lo que tenía pensado.

—Cerrá los ojos, solo sentí. Acabo de descubrir que se experimenta mucho placer al hacerlo —ordenó y afirmó con parsimonia.

Deslizó sus manos por su corto cabello recorriendo cada facción de su rostro, queriendo grabar en su mente y corazón ese momento. Bajó por sus hombros y corrió a lo largo de sus magníficos brazos, para volver a subir arrastrando la chomba de piqué blanca que él llevaba puesta hasta ese momento. Sin cuidado la dejó caer para detener toda su atención en la musculatura definida de Iain. Apoyó las palmas de sus manos sobre el pecho del muchacho y gozó de la corriente eléctrica que se alojó en su cuerpo, las arrastró y se detuvo al borde del short dedicándole una mirada suplicante, pidiéndole permiso para retirarla. Él al sentir el calor abrasador de sus ojos abrió los suyos y asintió con la cabeza. Ella metió los pulgares por debajo del elástico y acompañando el movimiento de sus manos con su cuerpo, lo bajó de un tirón, dejando expuesto un bóxer de lycra blanco por donde se traslucía un apetecible bulto bastante notorio. Melina tragó saliva con fuerza sintiéndose nuevamente un poco avergonzada. No nos olvidemos que era la primera vez que veía un hombre prácticamente como Dios lo trajo al mundo. Él se deshizo de la prenda con una suave patada, mientras respiraba con dificultad. No estaba siendo fácil entregarle el poder a una mujer y menos a esta que era tan especial.

Desde abajo, ella lo observó detenidamente y muy lentamente subió. Cuando estuvo completamente parada, tomó la iniciativa y lo besó. Estampó sus labios contra los suyos y se dejó llevar. Iain no pudo más, necesitaba tocarla al igual que un muerto de sed exige una gota de agua. La sujetó de las nalgas con fuerza, alzándola hasta tenerla enroscada en su cadera como una planta trepadora. Se frotó sobre su centro sin compasión y volvió a depositarla sobre el sillón. No se le pasó por la cabeza preguntarle si estaba bien o cómoda ni muchos menos si era virgen y ella se calló, no se atrevió a decirlo por miedo a su reacción.

Después de eso ya nada fue igual. Iain, a su forma, la amó, la hizo mujer y con todo el cariño del mundo le limpió la única lágrima que resbaló por su rostro mientras ella descubría lo que era tener un orgasmo en los brazos de un hombre.

# Capítulo 15

Al otro día, Melina sufría dolores en músculos que ni siquiera sabía que existían. Mientras entraba en calor para el entrenamiento, pensaba en todo lo que había pasado el día anterior y cada segundo que pasaba, aceptaba que en algún momento se iba a arrepentir, y no le importaba. Le daba igual la culpa que podría padecer, las lágrimas que quizás derramaría. Se sentía feliz y se veía radiante a pesar del agotamiento físico que experimentaba.

Al terminar el arduo entrenamiento del día, observó cómo algunas de sus compañeras la miraban más de lo normal. Se imaginaba el porqué pero lo que no veía venir era que al llegar al vestuario le harían tal encerrona.

Entró y se dirigió a su casillero para retirar sus cosas. Cuando las estaba sacando, escuchó cómo cerraban las puertas con traba, y varios pasos se acercaban. Se dio vuelta para encontrarse con quien fuera que iba a buscarla. Cuatro de sus compañeras la estaban semi rodeando; la arquera, dos defensoras y la capitana del equipo se alzaban en todo su esplendor frente a ella.

—¿Se puede saber dónde te metiste ayer durante todo el día? —preguntó la capitana con prepotencia.

—No tengo por qué darte explicaciones, ni a vos ni a nadie —le retrucó ella con ironía señalándola con el dedo.

—No queremos una explicación. Tu mensaje me preocupó y lo hablé con las demás, no sabía qué hacer —acotó su compañera de habitación.

—Fui a ver un partido de tenis y como no entiendo el idioma me pareció correcto avisarte enviando ese mensaje de texto, para estar prevenida por si sucedía algo raro. No es para tanto, era nuestro día libre, lo disfruté como se me cantaron las pelotas —expresó enojada.

—¿Tantas horas duró el partido? No creo que hayas hecho solamente eso, el partido terminó mucho antes de que vos volvieras —le retrucó la otra. Melina estaba comenzando a ponerse roja de la ira que la embargaba. Respiró hondo varias veces para serenarse antes de contestar.

—Se los dije cuando comenzó este absurdo interrogatorio. ¡NO VOY A DARLES EXPLICACIONES! Así que háganme el favor de dejarme tranquila. Estoy cansada, me quiero duchar e ir a dormir.

—No te atrevas a levantarme el tono de voz, pendeja —contestó su compañera.

—Te grito todo lo que se me canta el forro del culo porque no estás entendiendo lo que te digo —escupió a medida que pasaba con prepotencia por entre medio de ellas dirigiéndose a las regaderas.

Entró en uno de los cubículos y abrió el agua fría, sumergiéndose debajo del chorro para destensar sus músculos agarrotados y evitar los calambres. No pudo evitar el maremoto de imágenes que atacaron su mente. Sin duda, el día anterior fue más que inolvidable. La forma en que su cuerpo había respondido hacia el toque de Iain, era sublime. Para ella, todas y cada una de las formas en las que le había hecho el amor fueron auténticas, apasionadas. Si antes de eso se creía enamorada, ahora podía confirmarlo. Haber gozado de las simples charlas espontáneas que se dieron, de las caricias regaladas y los besos robados fue excepcional. Su cuerpo ansiaba repetir las sensaciones causadas, su corazón palpitaba ante sus recuerdos.

Cuando se sintió satisfecha, salió de la ducha, secó su cuerpo, se vistió y salió de raje del vestuario rogando que ninguna de las interrogadoras estuviera en la combi. Para su suerte, todo se dio como ella lo quería, solo estaba el conductor.

Se subió y ocupó uno de los últimos asientos, así nadie la molestaba para pasar ni nada por el estilo. Tomó su celular y conectó los audífonos tanto a sus oídos como al aparato. Al darle play al reproductor, comenzó a sonar *Me rehúso* de *Danny Ocean*, con ese tema de fondo se relajó, prometiéndose que haría hasta lo imposible para obtener el triunfo y no solo dentro de la cancha sino también en el amor.

# Capítulo 16

o consiguieron, Las Leonas cosecharon una vez más la medalla de oro olímpica. Tantos esfuerzos, las horas de entrenamiento, los viajes y la pérdida de tiempo familiar valieron la pena.

El equipo entero festejó como nunca. Algunas ya contaban con varias competencias adjudicadas y otras como Melina, no. Para ella era su primer triunfo olímpico, el más importante en su carrera, el que le abriría las puertas que quisiera. Mientras saboreaba los cantos argentinos, sentía la vibración del podio a causa de los saltos y escuchaba el galopar descontrolado de su corazón, se pudo imaginar firmando contrato en el exterior, jugando en un equipo de los grandes y pudiendo darle a su madre la posición económica que se merecía. En el vestuario se abrazaron, gritaron, bailaron y hasta lo convirtieron en una regadera gigante cuando comenzaron a llover baldazos de agua. Se las veía tan radiantes a pesar del cansancio que era imposible no sentir orgullo, honor y admiración por ese grupo de mujeres que dejaban todo en la cancha en cada partido.

En Argentina, Vicky y Sandra miraron el partido sentadas en la mesa del comedor. Sufrieron junto a Melina y sus compañeras, festejaron como nadie los dos goles que ella convirtió y lloraron a moco tendido cuando la vieron sosteniendo la copa arriba del podio. Para Sandra, ver a su hija correr, luchar y acertar los tiros, era maravilloso. La satisfacción que sentía al verla cumplir sus sueños no tenía comparación ni precio. Estaba ansiosa por la vuelta de Melina, necesitaba abrazarla, besarla y decirle cuánto la amaba.

Unas horas más tarde...

—Vicky, amiga, no te das una idea de lo feliz que estoy —le soltó ni bien atendió la llamada.

—¡Ayyyyy! —gritó la otra con efusividad—. Felicitaciones. Sos un crack, una leona con todas las letras, fue uno de los mejores partidos que te vi jugar —recitó completa y absolutamente emocionada.

—Sí, fue un gran partido y vos mejor que nadie sabés lo que implica este triunfo en mi carrera. Gracias, Vi, por estar siempre a mi lado. Sin vos y mamá esto no habría sido posible.

—No me des las gracias. Te quiero, sos la hermana que no tuve y siempre voy a estar a tu lado —expresó al borde del llanto.

—Yo también te quiero y te considero mi hermana. Tengo tantas cosas para contarte, ojalá estuvieras acá —confesó suspirando con ilusión mientras que su mente era inundada por imágenes de aquella tarde.

—¿Qué cosas? No te olvides que conozco Río, así que no me interesa hablar de turismo. ¿Hay algo más jugoso atascado en tu mente? Quizás anden dando vueltas algunas descripciones de chicos sexys, calientes como el infierno con un culo espectacular que quieras relatarme —dijo con diversión.

—Jugoso es poco, yo más bien diría que para vos es apetecible o tal vez demasiado esperado.

—¿Qué estás insinuando, Melina? No des más vueltas y desembuchá, la intriga no es lo mío. ¡ME DESESPERA! —le informó gritando.

—Perdí mi virginidad hace unos días —soltó de sopetón, sin siquiera sospesar cómo lo estaba diciendo. La línea se quedó en silencio, solo se escuchaba la respiración de Vicky al otro lado del tubo.

—¿Qué? ¿Con quién? ¿Cómo? ¿Cuándo? —quiso averiguar con apuro trabándose al hablar.

Melina comenzó a reírse a carcajadas, no solo por la tartamudez de su amiga sino también por sus propios nervios.

—Si te calmás, te lo digo —aseguró con diversión.

—Ok, ya estoy tranquila ¡hablá! —le contestó con exigencia.

—Prestá mucha atención porque voy a decirlo una sola vez, Iain Grant me hizo el amor durante horas. Fue maravilloso, sublime, exquisito; simple y sencillamente perfecto —le reveló a su amiga antes de cortarle la llamada y dejarla con la palabra en la boca.

# Capítulo 17

La vuelta a Argentina fue un caos. La seguridad del aeropuerto no se esperaba tal despliegue en las afueras de las instalaciones. El encargado le dio a elegir al entrenador cómo quería retirarse y él, sin dudarlo le contestó que saldrían de forma normal y así lo hicieron.

Las personas los esperaban con pancartas, banderas y mucho cariño. Los felicitaron, besaron y abrazaron hasta el cansancio, mientras ellas firmaban autógrafos, se sacaban fotos y daban las gracias sin descanso.

Poco a poco pudieron ir avanzando hacia la combi que las esperaba, se subieron una a una y se despidieron de la gente saludando con la mano.

Más tarde, Melina subía las escaleras de su edificio. Era imposible que se sintiera más agotada, necesitaba como mínimo cuarenta y ocho horas de descanso en su cómoda y acogedora cama. Estaba ansiosa por llegar, darse un baño y acostarse, total ya sabía que su madre no llegaría hasta tarde.

Al entrar a su departamento todo estaba oscuro, dejó la valija a un lado de la puerta y encendió la luz. Inmediatamente, su madre y su amiga le gritaron: ¡sorpresa! y le tiraron papel picado de colores. Ella se quedó estática admirando la simple pero hermosa decoración que habían hecho. Algunos globos colgados, un cartel largo en el cual se leía: "Felicitaciones

Leona" cruzaba de punta a punta el pequeño comedor y papel crepé cortado en tiras colgaban del techo cubriéndolo por completo.

Tiró las llaves al piso y sin preocuparse por cerrar la puerta, esquivó el sillón y se arrojó a los dos pares de brazos que la esperaban.

Después de ducharse para sacarse la mufa del vuelo, se reunió con las dos mujeres más importantes de su vida para cenar. Charlaron de todo lo que había hecho durante el tiempo que no se vieron. Se abrazaron, rieron y se divirtieron durante horas hasta que Sandra anunció que se iba a dormir ya que al otro día madrugaba.

Cuando Melina y Victoria se quedaron solas, esta última, aprovechó para interrogarla. Primero con la mirada durante unos minutos y luego con preguntas a las que Melina respondió con soltura ya que jamás se sentía presionada por su amiga. La otra rompió a reír con ganas cuando Melina admitió que extrañaba tener sexo y que si por ella fuera, en este momento estaría teniendo sexo telefónico con Iain.

—¿Lo vas a volver a ver? ¿No te importa que esté casado? —interrogó Victoria con ansiedad.

—La verdad, amiga, no me importa nada. Sé que en algún momento me voy a arrepentir y que voy a pagar caro las consecuencias de mis actos, pero lo que él me hace sentir es mucho más fuerte. Y sí, lo voy a volver a ver, siempre que él esté disponible y venga a Argentina, en eso quedamos. Agendó mi número y sabe que tiene que avisarme unos días antes de venir para que yo pueda acomodar mis horarios. Necesito que vos me hagas un favor —le pidió con confianza, estaba segura que su amiga la ayudaría aunque no estuviera de acuerdo con su forma de actuar.

—Sabés que podés contar conmigo para todo. No comparto, no me gusta y no me parece correcto lo que estás haciendo pero si durante el tiempo que esto dure voy a tener el lujo de ver esa sonrisa en tu cara, de admirar el brillo de tu mirada, te voy a apoyar y eso me dará un plazo suficiente para prepararme para ser tu sostén cuando esto termine —expuso sin reparos. No iba a mentir sobre su forma de ver las cosas y Melina se lo agradecía ya que sabía muy bien que todo en algún momento iba a llegar a su fin.

# Capítulo 18

**U**nos meses después, Melina caía rendida, después de horas de disfrute en sus manos, en aquella cama de hotel en donde se veían siempre que él la visitaba.

Desde que había vuelto de Brasil se volvió la amante del tenista, la única que él conservaba. Se encontraban al menos una vez al mes y durante dos días se encerraban en ese cuarto para estar juntos. Melina sabía que para él no era más que un pasatiempo, un soplo de aire fresco, pero en cambio, para ella era su mundo. Se lo pasaba todo el mes esperando y cuando se acercaba el día de su llegada, los nervios la atosigaban pero lograba mantenerlos al margen, al igual que hacía con ese sentimiento de culpa que la resecaba por dentro y más desde que se enteró por los medios de comunicación que su gran amor iba a ser padre.

—¡Mía, solo mía! —exclamó Iain en tono posesivo—, solo yo degusté tu esencia, nadie más que yo estuvo dentro tuyo, solo yo te di placer y nadie jamás te marcará tan a fuego como mi persona lo está haciendo —aseguró con prepotencia, mientras tomaba una de las tres pelotas que descansaban sobre la mesa de luz. Lo más triste era que tenía razón, nadie iba a poder remplazarlo. Para Melina era único.

—Sí, tuya hoy y siempre. No estarás pensando que no me di cuenta que esto es una despedida, que es la última vez que te veré personalmente y por más que suene cruel o indiferente, lo entiendo, te entiendo —expuso ella mintiendo descaradamente. Él, muy paciente, se dispuso a comenzar su tan característico masaje; deslizó la bola presionando con delicadeza por todo el largo de la espalda de Melina, ella amaba esas demostraciones, aunque por dentro se estaba muriendo de dolor, ella siempre supo que eso se acabaría, pero no era lo mismo imaginárselo que vivirlo. Fue tan ilusa que creyó que esos meses lo harían cambiar de parecer. Cuando estaba a su lado todo lo demás se desvanecía, no importaba que en algún momento odiara las mentiras o que tuviera un carácter de mierda, porque todo eso desaparecía cuando él la llamaba.

—Mi dulce Mel, tan pura, inocente y extraordinariamente hermosa para su propio bien. La perfección hecha mujer. Gracias por haberme regalado estos momentos que jamás olvidaré —anunció regalándole palabras que ella atesoraría por siempre.

—¿Inocente? No, Iain, en eso estás equivocado, la poca inocencia que tenía te la llevaste junto con mi virginidad —expresó con el pecho apretado reteniendo las lágrimas que luchaban por salir—. Vos no vas a olvidar este tiempo que pasamos juntos y yo no voy a poder dejar de recordarte —confesó con sinceridad.

—¿Puedes prometerme algo? —le pidió el.

—No sé, decime y te respondo si puedo o no —le contestó mientras él dejaba de  acariciarle la espalda desnuda.

Melina se giró hacia él quedándose de frente. Lo miró a los ojos buscando una señal. Solo eso necesitaba para rogarle que la eligiera, que se quedara a su lado. Pero no la encontró, no vio en sus ojos ni un destello que la alentara a hacerlo.

—Prométeme que vas a ser feliz y que nunca vas a buscarme —le exigió Iain sin compasión.

Con esas últimas cinco palabras ella se dio cuenta que si no le prometía eso, él la iba a destruir más de lo que ya estaba y que después se iba a dar la cabeza contra la pared mil veces más.

—Te puedo prometer lo segundo, en cambio, lo primero no. No me hagas dar mi palabra para algo que es muy posible que no pase, no podría cumplirlo —le explicó con firmeza, dándose cuenta que él nunca cambiaría de parecer, que siempre pensaría en su vida de casado y nada más.

—Sí, puedes y vas a cumplirlo porque hasta acá llegamos, ya no más. Se terminaron los encuentros, no hay marcha atrás y tampoco futuro. Vas a salir por esa puerta, continuarás con tu vida y yo con la mía. Lo nuestro, le pongas la etiqueta que le pongas se queda entre estas cuatro paredes, por tu bien y por el mío —confirmó él destrozándole el corazón, resecando su alma.

Melina mejor que nadie sabía que ese día llegaría tarde o temprano. Comprendía que fue hermoso mientras duró, que cada momento compartido fue inolvidable. Que todos y cada uno de los besos, las caricias y las palabras se afianzarían en su corazón con fuerza dejando una marca imborrable. Pero todo eso no cambiaba nada, ella saldría de ahí manchando todo lo que algún día fue. Fue y sería siempre la otra, la que traicionó sus principios por amor y esa sombra la atormentaría siempre. Solo esperaba que esas nubes oscuras no empañaran demasiado su camino, que el dolor no durara el resto de su vida.

# Capítulo 19

Alguien alguna vez me dijo que los hijos tienden a seguir un patrón de comportamiento igual o similar al de sus padres. No sé hasta qué punto eso sea verdad, pero sin duda en este caso lo fue.

Dos semanas después de su despedida con Iain, Melina se enteraba que estaba embarazada, al ver un signo positivo en el visor del *Evatest* que sostenía en una de sus manos, en la otra, apretaba con fuerza la pelota que Iain había utilizado para regalarle el último masaje; mientras estaba sentada en el piso junto a su madre y su mejor amiga. En ese momento pasaron frente a sus ojos todos los sueños que se le retrasarían. Ese resultado le daba un rumbo completamente diferente al que ella se imaginaba. Se dio cuenta que, en su caso, los sueños no dejaban de ser eso, y que haber creído que se realizarían no era más que una utopía.

No siempre el destino tiene escrito para uno lo que quiere, desea o prefiere. Las situaciones, acciones o reacciones cambian completamente el panorama en determinados momentos, pensó ella mientras lloraba desconsoladamente, su cuerpo se convulsionaba y gritaba desgarrándose por dentro, recostada en el hombro de su madre que le acariciaba el cabello lentamente.

Su carrera como hockista se acababa de terminar. Ni el futuro, ni nada de lo que ella anhelaba, estaban en la imagen que se le presentaba. En cambio, en ella sí aparecía la fortaleza que debería reunir. Tendría que luchar, ya no solo por su vida si no también por la del bebé que crecía en su vientre y enfrentarse a las consecuencias de sus actos, como tanto había temido un día. Debería buscar un trabajo para sacar adelante a su hijo, él estaba ante todo para Melina, como hacía algunos años, ella lo había estado para su madre.

El embarazo transcurrió con normalidad. Ella se mantuvo durante las treinta y ocho semanas comiendo sano, haciendo ejercicio y preparando todo para la llegada de su bebé. Junto a Vicky acondicionaron la habitación para que ambos estuvieran cómodos. En un primer momento, Sandra estaba ofuscada, pero eso ya era agua pasada. Se estaba transformando en la futura abuela más consentidora que existiría. No había detalle que se pasara por alto, estaba dispuesta a darle todo al bebé que se convertiría en la alegría de su hogar.

Maite Sandero llegó al mundo una fría y lluviosa madrugada de julio después de haber expuesto a su madre a un largo y arduo trabajo de parto. Melina dio a luz a una hermosa niña con la cabecita poblada de cabello rojizo y los ojos marrones, idénticos a los de su madre. Su primer llanto fue la melodía más especial para los oídos de las tres mujeres que la cuidarían.

Cuando al fin la pusieron en el pecho de Melina, la pequeña abrió sus grandes ojos y miró a su mamá. Ambas se quedaron enganchadas sin siquiera pestañear. El corazón de Mel latía desbocado dentro su pecho, y cuando rozó la regordeta mejilla con su dedo, fue tal la conexión que sintió, que supo que todo el cambio en su vida había valido la pena. Si no hubiera accedido a tener esa loca aventura hoy no tendría a esa bella criatura aferrándose a su mano como si fuera su balsa en el medio del mar. Al fin admitió que no podía culpar a Iain por haberse ido y no mirar atrás, entendió después de meses de sufrimiento, que por un hijo se hacen cosas impensables, se cometen terribles locuras y se recorren caminos interminables. Se aferró al amor de ese pequeño ser que crearon juntos. Al fin y al cabo ella se quedaba con el mejor regalo que él podría haberle hecho jamás, su hija.

# Epílogo

Transcurría en Capital Federal una tarde calurosa de verano cuando Melina y Maite jugaban a la mancha en el parque del complejo de edificios donde vivían. La pequeña, que no podía parecerse más a su padre, reía mientras corría detrás de su madre -que se hacía la artista- tratando de mancharla.

Para ella, el sonido de las carcajadas de su hija, era lo más preciado que existía. Ser madre soltera no era una tarea fácil pero con la ayuda de su madre y de Victoria, todo era más llevadero. Ellas se turnaban para cuidarla mientras Melina trabajaba y sus días de franco o los fines de semana los disfrutaban las tres sin parar, junto al pequeño torbellino que revolucionaba sus vidas. Hacía unos días que había rechazado la oportunidad de volver a las canchas, y eso no le molestaba en absoluto. Ella, en ese momento, elegía a su familia ante todo lo demás.

Melina se dejó atrapar por su hija y se tiró al pasto esperando que la siguiera. Maite así lo hizo, al verla despatarrada, la imitó, solo que la pequeña apoyó sus rulos rojizos en la panza de su mamá y le agarró la mano para medirla con la suya.

—Mamita ¿cuándo voy a tener la mano tan grande como la tuya? Las mías son pequeñitas, no puedo agarrar bien tu pelotita de tenis —indagó la niña sosteniendo ambas manos conectadas por la palma.

—Cuando seas tan viejita como yo —le contestó riendo por fuera, con el pecho oprimido por dentro. Desde que la pequeña había descubierto aquella pelota entre las cosas de su madre, la había adoptado como a su juguete favorito.

Maite, a sus cinco años, era una pequeña demasiado curiosa, inquieta y charlatana. Se metía en todas las charlas que se daban en su casa, y siempre trataba de dar su opinión. No había forma de pararla. Era la niña de los ojos de mamá, de su abuela y de su madrina, la consentida de la casa.

—Mamá —protestó—, no sos viejita. Sos joven y linda. ¿Sabías que te amo hasta el cielo ida y vuelta en caracol? —le confesó subiendo encima suyo y dándole un beso baboso en la mejilla.

—Sí, mi amor ya lo sabía porque me lo decís todos los días. Yo también te amo, mi pequeña sabandija, hasta el infinito y más allá —le recitó con amor, abrazándola con fuerza.

Con el regalo más precioso que le entregó la vida entre sus brazos, pensó que las decisiones o el destino podrían haberle cambiado el rumbo del camino, pero eso no le generaba tristeza como ella había supuesto, sino todo lo contrario. Aprendió a vivir con el peso de sus acciones, asumió las consecuencias y se convirtió en una mujer adulta, trabajadora y luchadora, que amaba a su hija por sobre todo. Descubrió que no solo el amor de un hombre brinda felicidad, el de un hijo da el doble de alegría, llena el alma, cicatriza las heridas y da la posibilidad de enseñar cuánto vale el amor, la importancia de los sueños y la magnitud del poder de un abrazo, una palabra o un beso.

Seguí con tu lectura y disfrutá
del pequeño relato que está a
continuación…

# El futuro de Mel

espués de muchos años de prácticas por hobby, de ver todos los partidos que pudo, Melina volvía a estar oficialmente en una cancha; pero esta vez no como jugadora sino como entrenadora de niñas que recién comenzaban a disfrutar de este deporte.

Los primeros tiempos, luego de dejar de hacer lo que más amaba, fueron duros, agotadores, pero logró salir a flote gracias a la colaboración de su madre y su gran amiga, Victoria. Su hija ya era una flamante señorita de doce años, una pequeña jovencita de cabellos ondulados, ojos grandes de color cacao y repleta de dulzura para ofrecer. Maite era muy obediente, dicharachera y ansiosa, una fiel amante del tenis al igual que su padre; un hombre que no sabía de su existencia y eso no era ningún inconveniente para ella, ya que su madre se había encargado muy responsablemente y con tacto, de explicarle cómo se habían dado las situaciones vividas en aquella época. Melina jamás se planteó mentirle, eso ya no iba con sus principios, aquellos que en algún momento perdió y más tarde recuperó. Por eso, cuando la niña hizo las tan temidas preguntas, ella tomó valor y destapó el cofre de los recuerdos que con tanto recelo había cerrado cuando la vida le regaló a la personita que día a día complementaba sus rutinas.

Al ver que todas sus alumnas ya estaban listas, se preparó mentalmente y se presentó con gusto. Le fascinaban los niños y más si su contacto se daba en su entorno, en donde se sentía cómoda. Observó con deleite cómo las pequeñas le sonreían, y en la medida de sus posibilidades, una a una, contaban cómo se llamaban, qué edad tenían y qué era lo que más les gustaba hacer.

*Todas son muy desenvueltas,* pensó con agrado.

Con paciencia les fue explicando qué harían, de qué se trataba el hockey y qué esperaría de ellas. Las niñas la escucharon con atención, sintiéndose demasiado sorprendidas porque su entrenadora había sido una "Leona" y estrella del club al que asistían.

Luego de varias horas dentro de la cancha que la vio crecer, se enlistó para marcharse, debía apresurarse para llegar a tiempo a buscar a Maite que en ese momento se encontraba terminando sus prácticas de tenis.

Se subió a su auto con prisa, lo puso en marcha, se abrochó el cinturón de seguridad y con precaución emprendió camino hacia su destino.

El tráfico en Capital Federal era cada día más insufrible y más para cruzar desde Provincia. Prácticamente, le llevaba veinte minutos hacer entre cinco y diez cuadras, de locos.

Acompañada por la música que más le gustaba a Maite, recorrió la distancia que las separaba; para cuando llegó a las puertas de las instalaciones, su hija ya la estaba esperando afuera junto a algunas compañeras; varias de ellas vivían en el mismo complejo de edificios en donde Melina residía junto a su familia.

—Mamá, ¿podemos llevar a Caro, Pía y Nati hasta sus casas? —le consultó la joven luego de abrir la puerta.

—¡Hola, hija! Yo estoy bien ¿y vos? —respondió Melina con fingida burla, odiaba que no se comportara de forma educada. Si había algo que aún no lograba era que Maite no fuera tan avasalladora, atolondrada, cuando quería algo. La joven, usando su mejor cara de ángel, le sonrió a su madre antes de pedirle perdón y reformular las palabras antes dichas.

—Ahora sí, ahí me gusta más, la educación ante todo —entonó con confianza—. Sí, hija, suban que las llevo —afirmó Mel. Era difícil decirle que no a la luz de su vida, salvo en esos casos en los que lamentablemente le era imposible complacerla con su tan esperado sí, y gracias a Dios, Maite lo entendía, nunca había sido una criatura caprichosa salvo en dos o tres ocasiones que había hecho algún berrinche.

—Buenas tardes, señora Sandero —dijeron las tres al unísono.

—Buenas tardes, niñas. Prendan sus cintos y cuéntenme cómo estuvo el entrenamiento —les pidió con aliento. Conocía a esas muchachitas desde que tenían tres años, desde el primer día de jardín.

Después de dejarlas en la puerta de sus respectivos edificios y esperar la señal desde adentro de los departamentos, buscó un espacio para estacionar, por suerte consiguió dejarlo en un lugar que podía observar desde la ventana de su habitación, cuarto que compartía con su madre desde que notaron que la pequeña de la casa necesitaba su propio sitio.

Subieron las escaleras charlando de todo lo que habían hecho durante el tiempo que estuvieron separadas. La relación entre ellas era de pura confianza. Maite tenía la libertad de hablar sobre cualquier tema con su madre, eso era algo que Melina siempre le recalcaba. Ambas sabían que los peligros de la vida estaban al acecho, era fundamental que se sintiera cómoda, más ahora que la adolescencia estaba llegando.

—Abuela, ya estamos en casa —chilló tirando el bolso ni bien ingresaron.

—Maite, ni se te ocurra revolear la funda de la raqueta —advirtió con determinación. Cada accesorio le salía demasiado caro y la situación económica no estaba nada bien ni en su casa ni en el país.

—Noooooo, mamá. Ya la dejé sobre mi cama —le gritó en respuesta. Mel sacudió la cabeza sonriendo, esa niña era lo más lindo que existía sobre la faz de la tierra. Se desabrochó el abrigo, lo colgó en el perchero y depositó las demás cosas sobre el sofá de la sala que cumplía el rol de living, comedor y oficina.

—Hola, hija —entonó Sandra cuando llegó hasta donde ella estaba de espaldas. Se giró y la observó con lágrimas en los ojos, la artrosis le estaba dando una gran batalla que pelear. Desde que le diagnosticaron la enfermedad, Sandra tuvo que dejar de trabajar y cada vez podía hacer menos cosas; por eso mismo, cuando le ofrecieron a Mel un puesto en el club, agarró viaje al instante, necesitaban ese dinero extra.

—Hola, vieja linda —manifestó ahuyentando el llanto antes de acercarse para abrazarla. El miedo de perderla la estaba aterrorizando—. ¿Cómo estuvo tu tarde? —le consultó mientras la acompañaba hasta una de las sillas para que se sentara.

—Bastante bien. La medicación que me agregaron parece hacer efecto, mis articulaciones están más flexibles, y según el kinesiólogo, si sigo así, pronto voy a poder caminar con más fluidez —le comentó frotándose las manos, otra de las partes del cuerpo que poco a poco se le deformaban.

—Eso es muy bueno. Mañana es sábado, si no hace mucho frío vamos a salir a dar una vuelta —Sandra la miró atentamente. Estaba destrozada en su interior y no dejaba de culparse por no prestarle atención a las señales que durante tanto tiempo su cuerpo le había mandado, ahora era demasiado tarde; esa maldita tortura ya estaba en marcha y no se detendría jamás.

—¿A vos cómo te fue, qué tal fue la primera impresión? —interrogó con interés.

—Buenísima. Las nenas son muy atentas, obedientes y se nota a la legua que tienen ganas de aprender. Calculo que no van a darme trabajo extra y si eso pasara me las voy a tener que arreglar como pueda. Sabemos bien que a veces me cuesta demasiado poner límites —respondió encogiéndose de hombros y sonriendo. Si había algo que Mel no perdía era la simpatía, el positivismo y las ganas de progresar. Por eso había estudiado duro durante cuatro años para obtener su título. Ahora era una flamante profesora de Educación Física y disfrutaba dando clases por las mañanas en un colegio privado que tenía jardín, primaria y secundaria.

—Me alegro, hija. Quizás, con el tiempo pueda trabajar aunque sea de empleada doméstica y ayudarte con todos los gastos —acotó con esperanza. Mel se quedó muda, mirándola como si le hubiera salido otra cabeza.

—¿Acaso te volviste loca del todo? Ya trabajaste demasiado para mantenerme y brindarme lo mejor, ahora es mi turno. No necesitás salir a hacer changas. Vamos a salir a flote, mamá. Te lo prometo —respondió con firmeza antes de acercarse y abrazarla con fuerza. Ambas comprendían la postura de la otra, pero era demasiado difícil guardarse el orgullo en el bolsillo.

—Ya está. Ya está. Solo fue una sugerencia, no te alteres. Mejor andá viendo qué vamos a cenar porque la niña está con hambre —declaró palmeándole la espalda para que la soltara.

Sandra amaba los mimos de su hija, pero odiaba sentirse inútil y últimamente eso era lo único que se le pasaba por la cabeza. No quería ser una carga. Ansiaba que Melina fuera feliz, libre, que encontrara el amor, alguien que compartiera sus males, que los aliviara. Hacía años luz que el brillo de sus iris se había esfumado, que solo aparecía cuando observaba a su pequeña.

La cena trascurrió entre risas, anécdotas y adulaciones para Mel, las pizzas caseras cada día le salían más ricas. Maite se encargó de lavar los platos y dejar en orden la cocina, mientras su madre y su abuela se tomaban un café frente a la televisión.

Una vez que Sandra y su hija ya estaban durmiendo llegaba su momento, su rato de paz para dedicarse solo a ella. Se duchó con calma, se pasó crema con mimo, cuidó de la piel de su rostro y secó su larga cabellera para luego enfundarse en su pijama; ese que estaba conformado por una camiseta de algodón y un pantalón de manta polar, con estampas de Minnie Mouse. El invierno estaba siendo duro tanto para ellas como para muchos otros ciudadanos que por culpa de los aumentos debían recortar los gastos, prácticamente, en exageración.

Se acomodó sentada tipo indio en el sofá, puso una manta sobre sus piernas y en compañía del silencio de la noche y una taza de capuchino retomó la lectura que había dejado abandonada el pasado fin de semana. Con parsimonia se sumergió de lleno en esa historia. Suspiró junto a los protagonistas de "Una segunda oportunidad", sonrió si lo requería la situación, y lloró si lo sintió.

*Definitivamente, la escritora Victoria Aihar sabe plasmar sensaciones en el papel*, pensó.

La quietud, el cansancio, el peso de la vida, las preocupaciones y la ausencia de un ser que le hiciera compañía, que aliviara sus cargas, la venció y cayó presa en una nebulosa en donde su camino había sido completamente diferente.

★　　★　　★　　★　　★

A la mañana siguiente se despertó hecha una roca por culpa de haberse quedado planchada en tan mala posición.

Preparó el desayuno y, cuando tuvo todo listo, fue a levantar a las mujeres que se habían vuelto el centro de su mundo. Primero optó por Maite. Se sentó en el borde de la cama, y con amor le acarició el cabello varias veces. La niña se removió, se reacomodó y siguió descansando plácidamente.

Mel la observó con cariño, pidiéndole una vez más a Dios que la protegiera, que no permitiera que tomara malas decisiones como ella lo había hecho. Le rogó a la Virgen que le diera

100

fuerzas para seguir luchando por darle lo mejor a esa pequeña que había llegado para completarla.

—Sé que cuando el epílogo de mi vida sea escrito, el mejor capítulo de ese libro serás vos, mi vida —murmuró antes de anunciarle que ya era hora de salir de la cama.

Luego de lograr despabilar a Maite se fue hacia la otra habitación. Al ingresar, se encontró con que Sandra ya estaba acomodada para bajar de la cama.

—Buenos días, señora —formuló alegre. Ver a su madre darle batalla a esa enfermedad la llenaba de orgullo.

—Buen día, Mel —articuló ella con la voz agitada. Todo le costaba sobremanera, más en las mañanas; sobre todo después de largos períodos de quedarse quieta, eso hacía que sus articulaciones se engarrotaran.

—¿Te ayudo? El desayuno ya está listo, ¿querés ir a la mesa o preferís que te lo traiga? —articuló con duda. No sabía si acercarse o esperar, últimamente no sabía cómo reaccionar; su madre, por momentos estaba demasiado irritable y Mel temía que ese fuera uno de esos amaneceres.

—Sí, ayudame, quiero levantarme y compartir la mesa con ustedes. Estoy cansada de estar metida en estas cuatro paredes —formuló bufando. Mel se rio con ganas. Aparentemente, Sandra estaba de buenas y eso era para aprovechar.

★　　★　　★　　★　　★

Después de haberles hecho el entre, logró que tanto su madre como su hija accedieran a salir de la casa. Las tres se subieron al coche y emprendieron camino hacia la costanera norte. A pesar de ser pleno invierno, había sol y eso ayudaba a mermar un poco el frío que venía haciendo, estaba agradable para estar al aire libre. Agarró la General Paz, condujo hasta Lugones y salió en Avenida Cantilo dejando atrás el monumental, el planetario y la facultad de derecho. Habían pasado por el Puente de la Mujer cuando, de repente, por culpa de su hija que la distrajo, golpeó un auto que salía de hotel Hilton.

—¡La concha de la lora! —exclamó, agarrando con fuerza el volante—. ¿Están bien?

—Sí, mamá —respondió Maite asustada.

—Melina Sandero, podrías tener más cuidado, por favor. Un día de estos vas a matarme de un infarto —chilló Sandra sosteniéndose de la puerta con una mano y la otra apoyada a la altura de su corazón, este le latía desbocado a causa del susto.

Melina se sacó el cinturón de seguridad e inmediatamente descendió del auto. Se acercó a la trompa y al ver cómo había quedado se agarró la cabeza maldiciendo en voz alta.

—Señorita, ¿se encuentran bien? —articuló el chofer del otro coche involucrado.

—¿A usted le parece que puedo estar bien?, acabo de hacer mierda la trompa de mi pobre auto —respondió gritando, agitando las manos y caminando de un lado a otro.

*A mí sola me pasa esto. Qué mala suerte la mía*, se lamentó interiormente.

—Lo siento mucho. Inmediatamente hablaré con el seguro de la agencia —anunció el señor con amabilidad.

*Ay, Dios, no. No. No. No,* renegó.

Abrió la puerta con furia y revolvió su cartera buscando la tarjeta de su seguro. Seguro que no sabía si estaba pago. Cuando dio con ella quiso arrancarse hasta el último pelo, darse la cabeza contra una pared o que la tierra la tragara, no lo había pagado. Estaba metida en un buen lío y realmente no sabía cómo iba a salir de esa. No podía escapar. Estaba atada de pies y manos.

—No, espere, no hace falta que llame a nadie. ¿Su auto está muy golpeado? —formuló trotando detrás del hombre. Dio una vuelta alrededor de automóvil y vio que no tenía casi nada, solo un rasguño en el paragolpes trasero. En ese mismísimo instante, el alma le volvió al cuerpo, ya vería cómo se las arreglaba con su coche, al menos no tendría problemas extras. Cerró los ojos y elevó su cabeza dándole las gracias a Dios, cuando de repente sintió cómo la puerta impactaba en su culo—. Lo que me faltaba —murmuró antes de girarse y toparse con una pared humana. Se alejó un paso y recorrió de arriba abajo al individuo que estaba enfundado en un jean, remera gris y saco hecho a medida, deteniéndose con intriga en su calzado, un par de borcegos prácticamente desacordonados.

—Carlos, *what's happening?* —exigió el violinista, ignorando a simple vista a Melina. Blaz había llegado a la Argentina hacía dos días con el único fin de dar una serie de conciertos que formaban parte de la gira titulada: *Explosive Love!* El rockstar del violín, como la gran mayoría lo llamaba, era experto en fusionar grandes éxitos del rock con los más icónicos temas clásicos.

—*This lady crashed into our car. Please, go back inside, sir. We'll be leaving in a moment* —contestó el chofer con prisa y apenado.

—Sí. Sí. Vuelva adentro, señor —acotó ella con ironía creyendo que Blaz no entendía el idioma, exactamente eso mismo había supuesto él hacía unos segundos. El tono empleado por Mel llamó la atención del rubio, quien clavó su mirada en la morena que lo observaba con burla. Elevó una de sus manos, adornada con dos extravagantes anillos, y retiró sus lentes con lentitud, revelando unos faroles absolutamente impactantes. Melina tragó saliva con fuerza, se le había secado la boca de repente. Prácticamente, había olvidado cómo se sentía quedarse muda frente a un hombre y más si este era alto, fuerte, de tez blanca, barba de dos o tres días, y cabello largo atado en la nuca.

—La señorita debería tener más cuidado y mirar por donde va —opinó él, empleando las palabras en un perfecto español con un marcado acento mientras sonreía.

—La señorita está parada frente a usted. No se haga el otro y háblele directamente a ella si tiene algo que decir —expresó con molestia.

Era una cabeza y media más baja, pero no hacía falta que la ignorara tan descaradamente. Melina se estaba poniendo furiosa.

—Disculpe, no suelo mirar hacia abajo —expuso con fingido descuido.

La había observado desde adentro y disfrutó de las vistas. La morena de caderas y muslos macizos lo había shockeado y ante eso no sabía cómo reaccionar. No estaba acostumbrado a tal despliegue de madurez, fortaleza.

—Ah, buenooooo, pero si tenemos a un extranjero que se la da de Dios. Escúcheme bien, idiota. No sé quién es, ni tampoco qué le dieron para que se la crea tanto, pero a mí no va a ignorarme y menos cuando el causante de este desafortunado accidente fue usted. Obviamente, más costoso para mí, ya que mi pobre auto quedó hecho mierda mientras que su flamante Audi A4 está intacto. No todos tenemos la suerte de ir paseando por ahí en semejante coche blindado —entonó muy enojada, gritando como si se le fuera la vida en ello.

—Si quisieras, podrías subir a esta nave y pasear a mi lado —insinuó muy claramente. Eso a Mel le sonó a burla. Nada más lejos de la realidad. Blaz estaba hablando muy enserio.

—Ni loca, ¿me escuchó?, ni loca. No me faltan un par de jugadores como para hacer tal idiotez. Pero qué se creyó usted, ¿que está charlando con una chica fácil de la calle? —despotricó, señalándolo con el dedo.

El violinista la miraba anonadado, preguntándose de dónde había salido esa mujer.

—Usted se lo pierde. De todas formas, eres demasiado pequeña para estar entre mis brazos o debajo de mí —afirmó, pasando la lengua por el contorno de sus labios mientras la devoraba con la mirada.

Mel estaba por tirarse encima del hombre y darle unas cuantas cachetadas cuando la voz de Sandra la interrumpió.

—Melina, ¿se puede saber qué tanto estás hablando con esta gente? —consultó su madre que iba caminando lentamente con la ayuda de Maite.

*Lo que me faltaba*, pensó, revoleando los ojos.

—Nada, mamá, nada. Mejor volvé al auto y llamá a la grúa, por favor. Ya voy —respondió queriendo mantener alejada a Sandra de todo el despiole de comentarios que se había armado.

Fue imposible, ella ni la escuchó. Llegó hasta donde estaban y se irguió frente a los desconocidos que la acompañaban.

—¿Cuál es el problema que tienen con mi hija? —interrogó con firmeza. No le gustaba ni un poco ver a Mel tan alterada.

—Ninguno, señora. Estábamos compartiendo una simple charla, y su hija —dijo haciendo énfasis en la última palabra—, se puso un poco nerviosa. Qué falta de respeto la mía, no me presenté. Mucho gusto, mi nombre es Blaz Neumann —confesó, acercándose a Sandra para tomarle a mano y depositar un beso en el dorso.

En un primer momento, ella se mostró reticente a aceptar su saludo, la verdad era que le daba vergüenza mostrar la deformidad de sus articulaciones, pero lo hizo. Él, muy amablemente, la tomó con cuidado y apoyó sus labios finos con ternura. La mujer le recordaba a su madre ya fallecida; veía en su mirada el brillo del cansancio, lucha, entereza.

—Bueno. Bueno. Suelte a mi madre y siga su camino. Su auto no tiene nada, nosotras nos arreglamos solas —anunció, posicionándose entre ellos.

—Melina Sandero, no seas maleducada. Discúlpela, Blaz, mi niña a veces es un poco susceptible, se irrita con facilidad.

—No lo puedo creer —renegó abriendo los ojos bien grandes. Lo único que le faltaba es que su propia madre se pusiera de lado del energúmeno ese.

—Señora, ya me di cuenta de ese detalle, no hace falta que se disculpe. Si quiere, puedo llevarlas a donde deseen y hacerme cargo de que alguien revise su auto. No me gustaría dejarlas aquí.

—¿Es sordo o se hace? Ya le dije que nosotras nos podemos arreglar solas, no necesitamos un príncipe que nos salve —interrumpió Mel con la sangre hirviendo.

—Sería muy amable de su parte si hiciera eso por nosotras —aceptó soltando el agarre de Mel para tomarse del brazo que le tendía Blaz—. Me llamo Sandra y esa niña bella que ve ahí parada observando toda esta situación sonriente, es mi nieta Maite. A mi hija ya la conoce, no hace falta que se la presente —contó muy solícita.

—Mamá, ¿te volviste loca? ¿Enserio te vas a ir con un desconocido? Esto es insólito, absolutamente descabellado —renegaba sin poder creer que su madre no le prestara atención. Miró a Maite y la niña se encogió de hombros.

—Maite, vení con la abue. Aprovechemos que este caballero va a llevarnos a nuestra casa —llamó desde la distancia. La pequeña miró el auto, a su abuela y por último, a su madre; quien le hizo señas negativas con la cabeza, maldiciendo por dentro.

—Lo siento, mamá. Es la única oportunidad que voy a tener de subirme a un auto como ese, no la voy a desaprovechar —formuló antes de emprender una corta carrera hasta su abuela, su protectora, la mujer que le cumplía los caprichos.

Melina las miró partir, anonadada, sin poder creer que se hubieran ido con un desconocido dejándola ahí sola. Pero ya la iban a escuchar, eso no se iba a quedar así. Miró a su alrededor y fue consciente de que estaba en pleno Puerto Madero, que su auto destrozado estaba a mitad de la calle y que no iba a poder ponerlo en marcha para correrlo.

—¿Por qué me tiene que pasar todo esto a mí? —preguntó con la cabeza inclinada hacia el cielo; obviamente, nadie le contestó.

★　　★　　★　　★　　★

Varias horas más tarde, al fin se bajaba del colectivo que había tomado al salir de la estación de subte Roosevelt en el barrio de Urquiza. Se le estallaba la cabeza. Estaba muy preocupada, demasiado para su gusto, la jodita le iba a salir un ojo de la cara y no sabía de dónde iba a sacar el dinero para pagarla. Dadas las circunstancias, el auto quedaría un buen tiempo guardado en el taller, por lo menos, mientras decidía si aceptaba la sugerencia de su mecánico Nacho, quien le había recomendado más temprano que pagara el seguro y después hiciera la denuncia, pero no estaba segura si sería capaz de llevar a cabo una mentira así.

Subió las escaleras con calma, rezongando de todo, maldiciendo al destino por su mala suerte. *¿Cuándo va a llegar el día que algo me salga bien?* Se había preguntado una y mil veces en todo el trayecto. Escuchó voces dentro del departamento y supuso que su madre estaría con algún vecino chusmeando sobre la vida de los demás, pero para completar su grandioso día, al ingresar chocó directamente con el energúmeno de esa tarde.

—¡Ay, no, lo que me faltaba! —se lamentó—, ¿se puede saber qué hace usted en mi casa? —Él no le dio tiempo a nada, la agarró de la mano y tiró de ella hacia afuera estampándola contra la pared del pasillo. Blaz cerró la puerta con la mano que tenía libre y encajonó a Melina sin dejarle una brecha para que pudiera escaparse de él.

—En este instante, voy a hacer lo que llevo deseando realizar desde que te acercaste a mi auto meneando tus caderas —prometió, deliberadamente lento y sensual.

Se miraron. Respiraron. Ambos corazones latían desbordados. La sangre dentro de sus venas circulaba furiosa por la anticipación. De un sopetón, él apoyó sus labios contra los de ella. La saboreó con lentitud y ella se dejó hacer, dándose cuenta de que también había anhelado rozar esa boca; que toda la cháchara de esa mañana solo había sido una acción inconsciente para resguardarse, para no caer, no verse débil otra vez frente a un hombre. Él la sostuvo de la cadera con fuerza, marcando su cuerpo sin cuidado. La mujer enredó sus piernas en torno a su anca y disfrutó de las sensaciones olvidadas. Melina arrastró sus dedos por los brazos desnudos del rubio, gozando del tacto que esa piel de gallina le daba; los llevó más arriba, hasta que logró sujetar la goma que mantenía prisionero a ese cabello que quería soltar; y lo hizo, se la sacó y metió las extremidades entre las hebras que tan bien olían, que tan suaves se palpaban. Ambos cortaron el beso con lentitud, mordiéndose la carne de paso, buscando una línea de aire para sus pulmones resentidos. Blaz seguía sosteniendo sus caderas, ni por un solo segundo la había soltado y tampoco estaba dispuesto a hacerlo. Quería cargarla sobre su hombro y encerrarla dentro de un cuarto para que nadie pudiera percibirla. Melina, por primera vez en mucho tiempo, se volvió a sentir deseada, excitada y sonrió, sonrió con sinceridad, con alegría.

—¿Qué estás haciendo conmigo, mujer? Estuve a punto de volverme loco. Mi madre me advirtió sobre esto, me dijo abiertamente que el día que una señorita se atreviera a hacerme frente, que no cayera rendida a mis pies, ni bien me viera, sería mi fin, mi condena hacia la felicidad eterna —confesó con la respiración agitada, con los ojos cerrados, recordando claramente las palabras de quien le había dado la vida y cuidado con tanta dedicación.

—¿Yo? —preguntó entre asombrada y divertida—. Yo no te hice nada, bah, sí, te choqué el auto —comentó riendo, obviando la intimidad de lo que él le contaba.

—Lo mejor que has podido hacer en toda tu bendita vida, vida que casi conozco a la perfección. Tu madre me ha tenido entretenido durante estas horas, ¿es bruja? —Mel abrió los ojos y lo miró extrañada.

—¿Qué pregunta es esa? ¡Dios! ¿Qué cosas te dijo?

—Shhhh, fiera, tranquila. No me contó nada de otro mundo, todo lo contrario, logró despertar mi intriga, tan así que no pienso irme de este país hasta que descubra cada delicia de tu cuerpo, de tu día a día, tus defectos y virtudes, absolutamente todo de ti, hasta tu último suspiro —expuso con seguridad.

—Eso suena a promesa y esas no me agradan. A las palabras se las lleva el viento, Blaz —sostuvo con amargura.

—Si me lo permites, te voy a demostrar que mis palabras no se irán volando. Solo el tiempo que me brindes a tu lado podrá demostrarte qué tanto voy a hacer valer mis promesas.

—Vayamos poco a poco, entonces.

—Apostemos por esto, Mel. Caminemos juntos, saltemos los baches aferrados con fuerza. Voy a hacerte feliz. La eternidad de mi vida es tuya, cuídala —declaró antes de volver a besarla.

★     ★     ★     ★     ★

Y así fue. Melina y Blaz recorrieron un largo trecho juntos. Viajaron. Rieron. Lloraron. Pelearon. Se reconciliaron. Hicieron el amor incontables veces y en muchos lugares insólitos. Él se instaló en Argentina. Ella lo acompañó a cada concierto. Maite encontró en él un padre que la quiso y al que quiso con locura.

Disfrutaron de momentos en familia. Se casaron y agrandaron la familia con la llegada de Franco, un hermoso bebé que al nacer, pesó casi cuatro kilos.

Afortunadamente, Sandra vio a su niña brillar y estuvo a su lado en cada decisión, situación, siempre apoyándola, hasta que Dios decidió que su hora en la tierra de los mortales había terminado. Partió una tarde de invierno, con una sonrisa plasmada en su rostro, se fue en paz, sabiendo que por fin su tesoro tenía todo y más de lo que se merecía. Su preciado niño, como había llamado a Blaz hasta el último instante, había llegado para colmar sus días de amor.

# Agradecer

ue un reto para mí escribir este relato, ya que es la primera vez que hago un escrito en tercera persona, me impresionó lo que me costó, pero a pesar de los imprevistos que surgieron, lo logré.

Como siempre, antes que nada, le voy a dar las gracias a la protagonista de esta historia, Melina; por dejarme plasmar un retazo de su vida.

A mis hijos y compañero de vida por seguir a mi lado a pesar de que estoy más loca que una cabra. Ustedes son mi todo, jamás lo olviden.

A mi familia y amigas por escucharme, acompañarme y ser parte de todo el detrás de una historia.

A mi abuela, a quien vi luchar con garra hasta el cansancio. Una mujer excepcional como pocas. Una guerrera de la vida. Ella me enseñó a pelear con uñas y dientes por mis metas. Cuidame siempre, vieja.

A mis colegas por brindarme su amistad y palabras de aliento. Perdonen si nos las nombro una a una, no me alcanzan las hojas.

A todos los lectores que están del otro lado, eso quiere decir que una vez más eligieron algo mío para leer y disfrutar. Siempre les voy a recordar que esto sin ustedes no sería posible. ¡Infinitamente gracias!

A todas las/os administradores de páginas, blogs, grupos de lectura y difusión por que sin ustedes este camino sería mucho más largo y pesado de recorrer. Hacen una labor impagable y excepcional.

A Emma Sheridan, correctora. Victoria Aihar, diagramadora y diseñadora, ellas son mis chicas superpoderosas. Hacen un trabajo impecable, perfecto y tan maravilloso que es imposible que me haga más feliz. Da gusto terminar una historia y dejarla en sus manos. Sería imposible publicar sin su ayuda.

Muchas gracias a todos por subirse una vez más y pasear en este tren conmigo.

Los quiero con todo mi corazón,

# Sobre la autora

Yamila Bianqueri nació en la ciudad de Mar del Plata en el año 1990 y creció en Comandante Nicanor Otamendi, un pueblo del Partido de General Alvarado, provincia de Buenos Aires. Trabaja de encargada en un edificio y disfruta de sus hijos el resto del día; estudia y baila folclore. Una lectora compulsiva que escribe en sus ratos libres, cuando los tiene, y de vez en cuando se obsesiona con alguna serie televisiva. Quienes la conocen la pintan como una mujer inquieta, apasionada, rebelde y hasta en algunos casos divertida. Ella asegura que no es un ser sociable pero los que realmente la perciben, saben que no es así. Buena amiga, oyente y partidaria de que un buen consejo siempre debe ser recibido con atención y predisposición.

En el año 2017 participó de la 13° Feria del Libro Mar del Plata Puerto de lectura junto a: DI.VI. NA, Adriana Gualtieri y Mirta Fachini.

En el 2018 estuvo presente como invitada en el VI Septiembre Romántico y Rioplatense, encuentro que se celebra en Capital Federal, organizado por: Victoria Aihar, Estela Escudero, Marta D'Arguello, Mimi Romanz y Maria Laura Gambero.

Es integrante del grupo de escritoras Romántica – Novelas con corazón.

Es encargada de la sucursal, ubicada en Mar del Plata, de Librománticas – Delivery Romántico, distribuidora que actúa como puente entre los autores independientes y los lectores.

Esta es su primera novela corta, la cual vio la luz a través de Wattpad en el año 2016 y en Amazon en el 2017, un desafío total para ella.

Es la autora, también, de:

"Tu mirada me atrapó" (2017, papel por Librománticas y Amazon).

"Diciembre en el fin del mundo" (2017, por Wattpad y 2018 digital por Amazon).

"Tú me robaste el corazón" (2018 por Wattpad).

"Un viaje en familia" relato sobre Tu mirada me atrapó (2018 digital por Amazon).

"El futuro de Mel" relato sobre Cumpliendo un sueño (2018 digital Amazon. Incluido en este ejemplar).

"Triple sec de pasión" Antología erótica multiautor "Un cóctel para recordar" (2018 papel y 2019 digital por Amazon).

"Eres mi cielo" (2019, digital por Amazon).

"Doce compases de amor" relato de la antología mulltiautor de Librománticas "Historias de amor en mi biblioteca" (2019 papel por Librománticas – Delivery romántico).

"El reencuentro" (2020, digital por Amazon).

"Destino austral" Antología romántica (2020 papel por Librománticas – Delivery romántico y digital por Amazon).

Así como estas historia, vendrán muchas más. Actualmente trabaja en su próxima novela.